초차원게임 넵튠 하이스쿨

오카즈

길찾기

CONTENTS

표지 일러스트 츠나코 본문 일러스트 우리모 표지 디자인 오쿠보
한국어판 번역 채다인 편집 정성학 표지 박재성 마케팅 이승우 주간 박관형

■ 등장인물

주인공

넵튠

이스투아르 기념학원 고등부 1학년.
여신 후보 양성과 소속.
게임을 좋아하는 밝고 건강한 아이.
이 작품의 주인공.

느와르

이스투아르 기념학원 고등부 1학년.
여신 후보 양성과 소속.
성실하고 진지한 성격의 우등생.

컴파

이스투아르 기념학원 고등부 1학년.
간호학과 소속.
마이페이스지만 진지한 면도 있다.
곤궁한 사람을 지나치지 못한다.

블랑

이스투아르 기념학원 고등부 2학년.
여신 후보 양성과 소속.
보통은 말수가 적고 무뚝뚝하지만
가끔씩 폭발한다.

벨

이스투아르 기념학원 고등부 2학년.
여신 후보 양성과 소속.
온화한 성격으로 고귀한 분위기를 풍기는
학원의 인기인.

아이에프

이스투아르 기념학원 고등부 1학년.
에이전트 양성과 소속.
시원스러운 성격.
학원 내의 정보에 밝다.

데이터 로드

▽
▽
▽
▽
▽

[Push Start!]

▽
▽
▽

Now Loading……

▽
▽
▽
▽

데이터 읽기가 완료되었습니다

▽
▽
▽
▽
▽
▽
▽

「넵튠 하이스쿨」을
이어서 계속합니다

이것이 1권의 「초차원게임 넵튠 하이스쿨」 이다!!

"그래, 나도 예전부터 학교에 관심이 있었거든. 컴파랑 같이 매일 즐겁게 학교에 다니자. 응? 어때? 이 작전."

"그, 그거야… 만약 네푸네푸랑 같이 학교에 다니면… 즐거울 거예요. 굉장히, 굉장히 즐거울 거예요!"

"그럼 결정! 나도 학교에 갈래!"

나는 넵튠, 어디에나 있을 법한 흔한 미소녀. 취미는 게임이려나.

특기는 변신!

어느 날 나는 친구인 컴파와 같이 학교에 가기 위해 '이스투아르 기념학원'의 특기시험에 도전하게 됐어.

이 특기시험에 합격하면 학비는 전액 무료! 그리고 파트너로 선택한 사람은 학비가 반액이 된다고 하는 초 호화 특전.

그런데!

"건방지게, 내 공격을 따라잡다니!"

"나도 친구랑 소중한 약속을 했어! 미안하지만 봐주지 않는다고."

이 특기시험에서 특기인 '변신'을 보여줬다가 깜짝 놀랐어. 나처럼 변신할 수 있는 느와르라는 아이와 갑자기 싸우게 됐거든.

하지만 컴파와 같은 학원에 다니기 위해 온 힘을 다해 싸운 나는 시험에 멋지게 합격해서 이스투아르 기념학원 고등부의 여신 후보 양성과에 입학하게 됐어!

"흐~음 굉장히 잘 알고 있네. 주간지의 '정보통' 같아! … 저기…."

"아이에프, 내 이름이야."

"아이에프구나. 그럼 아이짱이네."

입학하자마자 새로운 친구도 생겼어. 나는 학교에 들어갈 때까지는 컴파랑 단둘이서 살았으니까 굉장히 기뻤어.

그렇지, 우리가 입학한 이스투아르 기념학원은 이 세계를 지키는 대~단한 신을 보좌하는 사서, 이스투아르의 이름을 딴 굉장히 거대한 학원이야.

학원에 다니는 학생은 수천 명!

우리를 포함한 모든 학생들은 각각 자신들의 출신지 이름을 딴 '플라네튠', '라스테이션', '린박스', '르위' 기숙사에서 생활하면서 여러 가지 것들을 공부하고 있어.

재빨리 아이짱이라는 새로운 친구&룸메이트도 만들었고, 특기시험에서 싸우게 된 걸 계기로 나에게 라이벌 의식을 불태우는 느와르와 다시 만나게 됐고, 즐거운 하이스쿨 라이프 시작…
이었을 텐데….

　전교생이 참가하는 체육대회에서 '하이퍼 오리엔팅'에 나간 나
와 컴파는 거기에서 거대한 바위 몬스터에게 습격당했어! 학교
행사에서 몬스터를 퇴치해야 한다니 들어본 적도 없다고!

　"돌 따위에게 나의 화려한 기술을 보여주는 건 아깝지만….
얌전히 쓰러져 주시죠."

　"조금만 있으면 2연패…. 다음에 나오는 초호화 사양 동인지
제작비를 타내려고 했는데…. 해치운다!"

　하지만 거기서 알게 된 상급생 두 사람, 화려하고 부티 나는
아가씨인 벨과 평소에는 얌전하지만 화나면 무서운 성격인 블랑
의 도움으로 어떻게든 이 위기를 넘겼어.

　"잘 들어 주세요 넵튠, 지금 마제콘느 학장은 사악한 힘에 마
음을 빼앗겼어요."

　"하이퍼 오리엔팅의 몬스터 소동, 그게 학장이 꾸민 일인
가요?"

　그리고 여기에서 밝혀지는 충격적인 진실!
　뭐뭐뭐뭐라고! 여기와는 다른 세계에서 정신만 남아 이쪽 세

계로 쳐들어온 나쁜 대마녀가 학장의 의식을 빼앗고 우리의 목숨을 노리고 있다고!

우리가 세계의 평화를 지키는 여신이 되기 위해 공부하는 '여신 후보 양성과' 학생이라 그런 것 같지만⋯ 솔직히 너무하잖아!

우리는 학원 구석에 있는 낡은 교회에서 만난 신비한 요정 같은 여자아이 잇승에게 학장에게 씌인 대마녀를 해치우고 학원의 평화를 지켜 달라는 의뢰를 받았어.

이렇게 된 거, 한번 해볼까!
드디어 대마녀 마제콘느와의 결전이다!

"너희는 처음부터 내 술법 안에 있었다는 거지. ⋯ 또 하나의 마도구 '그래픽 열화 지팡이'의 술법에!"
"뭐야 이건⋯."
"몸이⋯ 굳어서⋯ 움직일 수 없어요."

우리는 학원제에 놀러 온 사람들의 생체 에네르기를 빼앗아 부하를 만드는 마제콘느와 격전을 벌였어.
하지만 마제콘느의 함정에 빠져 절체절명, 정말로 위험해!
"⋯ 그래. 나는 너. 너는 나. 하지만 다른 세계에서야. 지금 너는 나와 기억을 공유하고 있어."
"하지만 다행이야, 잇승을 통해 너에게 나의 일부를 맡겼으니까."

이런 위험에서 우리를 구해준 건, 뭐뭐뭐라고! 정말로 충격적!
또 다른 나였어!

그것도 다른 세계에서 진짜 여신, 퍼플하트이자 저쪽 세계를
구한 정말 강하고 멋진 나.

잇승이 내게 맡긴 검을 통해 힘을 빌려준 덕분에, 우리는 대
마녀 마제콘느의 의식을 날려버려 학장을 원래대로 되돌리는 데
성공했어! 오오 해냈다!

그 공적을 인정받아 표창장까지 받았어, 상을 받은 건 태어나
서 처음이니까 정말로 기뻤어.

"그럼 가자, 우리의 청춘 학원 라이프, 아직 시작이니까!"
"네!"

이렇게 입학하자마자 이벤트가 가득한 나의 하이스쿨 라이프
는 막을 열었어.

앞으로 어떤 일들이 기다리고 있을까, 정말 즐거워!

PROLOGUE

놀라운 Full-HD 3000인치!

영화관 같은 거대한 스크린에 내가 나오고 있었다. 그것도 변신한 내 모습. 음, 내 모습이지만 근사해. 멋져!

하지만 자세히 보면 비치는 '나'는 실사가 아니라 정교하게 모델링된 CG라는 걸 알 수 있다.

여기는 내가 다니는 이스투아르 기념학원에 있는 시청각실.

평소에는 사회 수업용 비디오 교재를 비추는 이 스크린에서 CG 모델인 나는 사각형으로 나뉜 마루 위를 바쁘게 이리저리 뛰어다니고 있다.

"우와 굉장하네. 기분 나쁠 정도야."

앞으로 경사가 진 영화관 같은 좌석 한가운데에 앉은 나는, CG 모델이 된 자신을 보며 옆에 앉아 있는 느와르에게 말을 걸었다.

"최근에는 학생들도 이런 수준의 CG를 만들 수 있구나."

느와르도 실감나는 영상에 눈을 크게 뜨고 스크린을 바라보고 있다.

"그럼 함께 데이터 수집에 협력해 주신 느와르, 벨, 블랑의 CG 모델을 표시해 보겠습니다."

스크린 바로 옆에 서 있는 남학생 한 명이 작은 노트북을 손에 들고 말하자마자, 화면 속의 나를 감싸는 것처럼 파바밧, 다른 모델이 나타났다.

남학생이 말한 것처럼, 각각 변신한 느와르, 벨, 블랑의 CG.

세 명 다. 처음에 나온 내 CG처럼 진짜인 양 잘 만들어져서 깜짝 놀랐어.

"어머, 멋져라. 저의 아름다움이 완벽하게 재현됐군요."

"머리카락이 하나씩 모델링 돼 있네."

나와 나란히 앉아 있던 벨과 블랑도 경탄의 목소리.

시청각실 여기저기에 앉아있던 다른 학생들 —모두 여신 후보 양성과의 아이들이야— 도 제각각 "굉장하다."라고 감상을 말한다.

"물론 이 시뮬레이터의 포인트는 CG 모델의 정밀함만이 아닙니다. … 선생, 괜찮은가요?"

남학생은 시청각실의 웅성거림이 잦아드는 걸 기다린 뒤, 제일 앞자리에 팔짱을 끼고 앉아 있는 긴 금발머리를 한 선생에게 확인하듯 물어보았다.

우리 여신 후보 양성과의 중요한 수업 중 하나인, '몬스터나 나쁜 놈들을 물리쳐 모두를 구하기 위한 전투훈련'을 담당하는 선생이야.

예전에는 '전설의 늑대'로 불렸던 유명한 격투가[1]로, 같은 격투가인 동생이랑 킥복서 친구와 함께 남쪽 거리를 지배하고 있던 악당을 물리쳤다고 하더라구.

상냥하고 뒤끝 없는 성격이야.

---

1 아랑전설 시리즈. 테리, 앤디 보가드와 히가시 죠 3인방이네요.

"OK, 계속 진행해."

지금도 긴장하고 있는 남학생을 진정시키려는 듯, 밝은 목소리로 말했다.

남학생이 손에 든 노트북을 조작하자 다시 화면이 바뀐다.

벨과 블랑의 CG가 사라지고, 나와 느와르가 스크린 속에서 3D 격투 게임처럼 서로 마주본다.

그러자 내 CG는 갑자기 강렬한 뒷발차기로 느와르의 CG를 공격!

화려한 킥이 CG 느와르의 가슴에 클린 히트… 하기 직전에 가볍게 그걸 피한 느와르가 뻗은 내 발을 촙으로 쳐내나 했더니, 그대로 간격을 좁혀 내 얼굴에 펀치를 한 방! 펀치를 먹은 내 CG는 굉장한 기세로 뒤로 날아갔다.

"잠깐만! 왜 내가 당하는 거야!"

진짜 나는 이런 취급에 일어나 격렬하게 항의했다. 옆에서는 진짜 느와르가 만족스러운 표정으로 몇 번이고 고개를 끄덕인다. 쳇!

"으음, 이건 그…. 지난번 수집한 데이터에서 뽑은 시뮬레이션 결과 넵튠씨는 전투할 때 갑자기 큰 기술을 쓰는 경향이 있는 것 같습니다."

"맞지 않으면 아무 의미 없다고! 맞추란 말야! 팍 하니 멋지게!"

"진정하라고, 조금 전의 뒷발 차기를 성공시키기 위해서 어떻게 해야 할지 검증하는 게 이 시뮬레이터를 사용하는 방법이잖아. 잘됐네. 대답해 봐. 느와르에게 뒷발차기를 한 방 먹이기 위해서는 어떻게 해야 할까?"

선생은 뒤돌아서서 흥분한 내게 부드럽게 이야기했다.

"음, 으으음…. 아 그렇지, 처음에 페인트를 먹인다! 치는 것처럼 보이고는 치지 않는다!"

갑자기 수업 같은 분위기(뭐, 수업이지만)가 되어 당황하면서도, 나는 가슴을 펴고 대답했다.

"그렇구나. 좋았어. 그럼 시험해 볼까? 부탁해."

"네"

선생의 지시를 받아 남학생이 다시 노트북을 조작한다.

"선생이 말하는 것처럼 이 시뮬레이터는 데이터를 추가 입력해 여러 가지 상황을 시각적으로 재현할 수 있습니다. 이번에는 페인트를 넣는다는 발상을 CG 모델을 움직이는 프로그램에 지시해 보겠습니다만, 날씨나 지형 정보 등을 변경할 수도 있습니다."

조작하면서도 해설하는 건 잊어버리지 않는다.

"모의전 등의 실습 데이터를 기반으로 여러 가지 조작을 추가한 시뮬레이션을 실행하면 비디오 등으로 녹화해 확인하는 것보다 더 각각의 단점이나 이후의 개선점을 알 수 있을 것입니다."

다시 스크린 속의 CG 모델이 움직였다.

이번의 나는 아까와는 다르게 처음에는 좌우로 몸을 흔들며 느와르에게 다가가 걸어차지는 않고 갑작스레 몇 번인가 발을 올리는 척하거나, 격투게임으로 말하자면 약펀치를 되풀이하며 상황을 살핀다.

오, 이거 꽤 괜찮은데?

약펀치를 얼굴 높이에서 계속 날리는가 싶더니 갑자기 표적을 변경해 몸에 펀치를 날리자 느와르가 바로 반응해 아래쪽을 방어했다.

"지금이다. 아래가 비었어!"

내가 스크린을 가리키며 외치는 것과 동시에 내 CG도 기회라는 듯 뒷발 차기! 맞았다!

… 라고 생각했지만,

"다 보인다고. 몸을 낮춰서 피한 다음에는 반격이야."

통쾌한 얼굴로 느와르가 말한 대로, CG 느와르는 재빨리 몸을 낮춰 뒷발차기를 피하고는 한쪽 발로 서있는 내 발밑으로 쪼그리고 앉아 강렬한 킥을 한 방 먹였다.

그걸 맞은 내 CG는 보기 흉하게 넘어진다.

"뭐야아! 지금 건 맞아야 하잖아!"

"과연 나라니까, 시뮬레이션에서도 완벽해."

시청각실에 나와 느와르의 목소리가 동시에 울려 퍼진다.

"페인트라는 답은 나쁘지 않았지만, 반대로 그걸 읽히면 순식간에 불리해지지. 넵튠의 행동은 읽히기 쉬워. 지금 건 그 좋은 예시지."

"이 결과로 넵튠씨의 과제를 알 수 있겠네요. 시뮬레이터의 유용성도 알 수 있으리라 생각합니다."

잠깐, 잠깐만! 선생도 남학생도 왜 여기서 정리하는 거야! 안 돼, 나는 이런 결과 인정 못 해!

"맨손! 맨손이라 안 된 거야! 무기를 쓸 수 있으면 다르다고! 한 번만 한 번만 더 싸워 볼래!"

"보기 흉하네, 넵튠. 몇 번을 해도 결과는 똑같아. 순순히 패배를 인정하라고."

"느와르는 가만히 있어! … 아, 그리고 이렇게 형태가 정해진 건 좋지 않아! 제대로 실전처럼 해야 내 진짜 실력이 발휘된다고! 그런 모드로 바꿔 줘."

"네푸네푸, 아무래도 그건 좀…"

"… 힘들걸."

뭐, 뭐야 다들!

절대로 안 돼! 이대로 내 꼴사나운 모습이 모두의 마음속에 남은 채 수업이 끝나다니 싫다고.

무엇보다 나는 학원의 위기를 구한 히로인이잖아. 히로인은 언제나 멋져야 한다고!

"에에잇! 불만이 있으면 벨도 블랑도 다 덤비라고! 3대1의 변칙 매치로 내가 시뮬레이션에서도 최고라는 걸 모두에게 증명해 보이겠어!"

"후회할 거야."

"그렇게 말한다면 저도 물러설 수 없죠. 상급생으로서의 프라이드가 있으니까요."

"여기서 제대로 학년 수석의 실력을 보여줘야겠는걸."

"여유를 부리는 것도 지금뿐이라고! 여기서 내가 이기면 세 명은 하루씩 나한테 간식을 사줘야 해!!"

"그 말 그대로 되돌려주지. 우리가 이기면 넵튠이 간식을 사줘야 해!"

"알았어, 알았어. 나는 지지 않는다고! … 그러니까 선생! 리벤지 매치를 허가해 주세요!"

눈에 투지의 불꽃을 태우며 나는 책상 위로 몸을 내밀어 선생에게 말했다.

"… 괜찮을까요?"

남학생이 당황해서 나와 선생을 교대로 바라본다.

선생은 손목시계를 흘끔 보면서,

"뭐, 이제 수업도 끝났으니 괜찮겠지? 조금만 더 시뮬레이터의 성능을 보고 싶기도 하고. 그럼 다들 교과서는 덮어도 돼. 나는 그렇게까지 말하는 넵튠에게 걸어 보지."

그렇게 말하면서 하얀 이빨을 드러내며 웃었다. 과연! 이해해 주시는군!

수업을 듣던 다른 아이들도 예상치 못한 이벤트에 불타올랐다.

"그, 그럼 무대는 지상, 장애물은 없음. 전원 [무기를 사용한

다]로 설정하고 시뮬레이션을 해 보겠습니다."

좋았어! 이걸로 무대는 갖춰졌다. 승부!

－몇 분 뒤

"대충 알았어. 이거 성능이 굉장한데. 전산 동호회였나? 다음 직원회의에서 교재로 쓰도록 제안해 볼게."

"네! 고맙습니다!"

수업 종료를 알리는 종이 울리는 가운데, 즐겁다는 듯 남학생의 어깨를 두들기며 웃는 선생과는 정반대로,

"나는 시폰 케이크야."

"새로 나온 파를 넣은 고기만두가 좋겠어."

"저는 언제나 네푸네푸가 맛있다고 하는 푸딩을 먹어 보고 싶네요."

"네풋! 안 들려! 아아~무슨 소리인지 전~혀 안 들립니다! 와와와~!"

스크린 속에서 너덜너덜하게 당해 드러누워 있는 CG 모델을 멍하니 바라보며 나는 침착하게 현실 탈출 버튼을 눌렀다….

STAGE 1

1

'모두 안녕. 오늘은 어쩐지 아침부터 덥지만, 컨디션이 나쁜 사람은 없지? 나는 넷째 시간이 체육이었지만, 제 3 체육관의 에어컨이 고장 나서 지금도 땀이 난다니까. 하지만 오늘도 모두의 런치 타임이 조금이라도 즐거워질 수 있도록 열심히 방송할게. 그럼 오늘 첫 곡을 들어볼까!'

점심시간, 40%쯤 채워진 학교 식당은 군데군데 빈 자리가 눈에 띄었다.

흔히 애니메이션에서 '점심시간은 전쟁!' '야키소바 빵은 한정 10개!' 같은 장면이 있지만 이스투아르 기념학원은 꽤 평온한 편이다.

밥을 먹는 곳만 해도 이 학교 식당을 포함해 부지 내에 열 군데는 있고, 기숙사에서 도시락을 만들어 주는 서비스도 있으니까 사람들이 여기저기 분산되는 것 같아.

그리고 오늘은 컴파가 있는 간호학과와 보통과의 일부 학생들이 '직업 체험'으로 학교 밖에 나가서 더더욱 사람이 적다. 스피커에서 흘러나오는 점심 교내 방송이 잘 들려온다.

하지만 지금 내겐 교내방송에 귀를 기울이는 것보다는 따끈따끈 김이 나는 햄버거 스테이크와 새우튀김과 치킨 소테 모듬 런치(밥 곱곱배기)를 소스 한 방울까지 깨끗하게 먹어치우는 게 더 중요해.

"밥 한 그릇 더 가져올게!"

새우튀김 두 마리와 햄버거 스테이크를 반 남기고 밥을 다 먹어버린 나는 기세 좋게 자리에서 일어났다.

"잠깐! 그렇게 무식하게 먹다가는 배탈 난다고!"

"다음 수업 제대로 못 들을걸."

그런 나를 보고 건너편 자리에 앉아 있던 느와르와 블랑이 당황해서 먹으려고 하지만 지금의 나는 반짝이는 별을 움켜쥐고 달리는 수염 난 아저씨[2]와 똑같다고! 아무도 막을 수 없어! 네푸온!

수수께끼의 효과음과 함께 두 사람의 반대를 뿌리치고 두 그릇째의 꼽꼽배기 밥을 가지고 온 나는 바로 식사 시작.

"또 굉장한 양을… 저기, 적당히 먹지 않으면 돼지가 된다고?"

"… 보고 있는 것만으로도 가슴이 답답해져."

"멋대로 말하라고. 전산 동호회인지 뭔지는 모르겠지만 그런 뭣도 모르는 사람들이 만든 물건 덕분에 나는 오늘 간식은 없으니까, 지금 충분히 먹어두지 않으면 저녁때까지 못 버틴다고!"

수십 분 전에 맛봤던 그 견딜 수 없는 굴욕이 조미료 역할을 해, 나는 묵묵히 나이프와 포크를 움직인다.

---

2 슈퍼 마리오 브라더스. 별을 얻은 마리오는 뭐든지 뚫고 달리죠.

"알기 쉽잖아. 내가 넵튠보다 강하다…. 이 이상 없을 정도로 알기 쉽네."

라고 느와르가 말한다.

참고로 느와르 일행은 이미 파스타와 샌드위치로 점심을 가볍~게 마치고, 지금은 식후의 차를 즐기고 있다.

그야 그렇겠지, 방과 후에는 내가 쏘는 맛있는 디저트가 기다리고 있으니까.

"그런 게임 같은 게 무슨 참고가 된다는 거야. 갑자기 선생한테 '수업에 사용해줘요~'라고 팔러 와서는 나만 필살기 시뮬레이션을 쓸 수 없습니다. 라는 건 이상하잖아."

처음에는 놔뒀던 새우 꼬리도 남김 없이 뱃속에 집어넣고 나는 말했다.

"넵튠 브레이크만 쓸 수 있으면 이겼는데, 왜 사용할 수 없는 거야! 그 시뮬레이터, 불량품이라니까!"

"그거야 당연하지."

윽, 블랑은 여전히 냉정하다.

"뭐가 당연하다는 거야. 블랑도 내가 마제콘느를 해치운 걸 봤잖아? 다른 세계의 대마녀를 녹아웃시킨 필살기라고? 보통은 제대로 재현해 주지 않아?"

"넵튠이 넵튠 브레이크를 사용할 수 있었던 건 이전에도 이후에도 그때 한 번뿐이잖아. 데이터가 부족하다고 전산 동호회에서도 말했어."

"하, 하지만…"

"… 데이터가 없는 건 시뮬레이트할 수 없어."

내가 입을 열려고 하는 순간 단칼에, 가차 없이.

"분하면 언제라도 그 기술을 쓸 수 있게 해야지."

블랑의 말에 상처 입은 내 마음에 느와르도 짓궂게 소금물을 끼얹어 준다.

"아, 알았어. 하지만…. 그 뒤로 몇 번이고 전투훈련 수업 때 도전해 봤지만 잘되지 않는걸."

이 이상 더 추궁을 당하면 유리세공으로 만들어진 꽃같이 섬세한 하트가 산산이 부서질 것 같습니다.

빈 식기를 구석으로 치우고 책상에 엎드려 항복 선언… 이 자세라면 배가 괴롭다는 사실에는 눈을 돌리자.

"알고 있으면 깨끗하게 정리하라고. 네가 말한 거니까. … 네 불평을 들은 데다 폭식까지 봐줬다고. 이제 같이 점심 안 먹는다. 다음에는 나도 벨처럼 도망칠 거야."

눈앞에서 데굴데굴 구르고 있는 내 머리에 손을 올린 느와르는 게임 컨트롤러의 조작 버튼 같은 내 머리장식을 꾹꾹 눌러대며 말했다.

아, 그렇지. 일단 벨이 없는 이유를 설명해야지.

벨은 느와르가 '도망갔다'고 말한 것처럼, 오전 수업이 끝나자 교실에서 나가 버렸어.

그 이유가 또 굉장한 게,

"오늘은 기숙사 방을 개조하기 위해 업자분이 견적을 보러 오거든요. 밤에는 시간이 없어서 점심때 해 두려고요. 죄송하지만 점심은 나중에 같이 먹어요."

… 라고 하네.

용무가 있는 건 어쩔 수 없지만, 기숙사 방을 학생 개인이 멋대로 개조해도 되는 건가? 라는 딴죽은 벨에게는 의미가 없겠지.

참고로 컴파는 아까 말한 것처럼 오늘은 직업 실습이 있어서 아침부터 '플라네튠 종합병원'이라는 큰 병원에 가 있어.

아이쨩은… 언제나처럼 뭔가 조사할 게 있는 것 같아서 첫 번째 시간의 전과 공통수업이 끝나고 난 뒤로는 보이지 않는다.

그렇게 해서 오늘 점심은 느와르와 블랑과 나, 세 명뿐이야.

아아~ 그런 부끄러운 꼴을 당하고 여신 후보생 모두에게 비웃음을 당하다니. 나도 직업실습이든 조사든 나가고 싶었는데.

라고 생각하며 식당 벽에 걸린 시계를 보니 점심시간이 끝날 때까지는 아직 시간이 있었다. 느와르는 내 머리장식을 계속 만지작거린다.

하지만 조금 애매한데. 배를 꺼뜨리기 위해 그라운드로 나가서 초차원 축구[3]를 하기에는 모자랄 정도야.

이 칙칙한 기분을 새롭게 하기 위해서는 역시 게임을 하는 게

---

3 이나즈마 일레븐. '여신님' 아프로디가 한국인이라는 초차원적인 전개가 한국 유저들에게 대호평.

좋을 거라고 생각했는데, 나로서는 당연한 결말이지만,

"왜 이런 날에 N기어[4]를 놓고 왔을까?"

깜박한 자신이 한심해서 나는 머리를 긁적거렸다. 보통은 몸에서 떼지 않고 있는 휴대용 게임기를 오늘은 기숙사 방에 놓고 왔거든.

이런 상황을 뭐라고 하더라? 설상가상?

어찌됐건 하고 싶은 걸 할 수 없게 되면 욕구불만이 쌓이게 되니,

"우우우…."

나는 머리카락에 달라붙은 느와르의 손을 "에잇"하고 쳐내고는, 몸을 일으켜 자신의 한심함을 저주하면서 휴대용 게임기의 착 달라붙는 감촉을 생각하며 손가락만을 움직여 '상상게임'을 시작한다.

이런 나의 한심한 모습을 흥미 없다는 표정으로 바라보던 블랑이 파우치 안을 뒤지기 시작한다.

파우치에서 꺼내 테이블 위에 놓은 것은 나와는 다른 기종의 휴대용 게임기! 그거야 그거, 화면이 두 개 있고 접을 수도 있고 터치펜으로 조작하는 거[5].

알기 쉽게 삽화로 그리고 싶지만 일단 그려보면 아무리 잘 그려도 대충대충 한 그림이 돼서 의외로 알아보기 어려우니 이 부

---

4 1990년 출시된 세가의 휴대용 기기인 게임기어의 패러디. 폴딱 망했다(…).
5 닌텐도 DS. 현 포터블 게임기의 최강자..였지만 요샌 스마트폰의 위협이;

분은 상상력으로 헤쳐나가 줘.

"잠깐만, 블랑. 내가 게임을 못 한다고 그렇게 보란 듯이 옆에서 놀지 않아도 되잖아?"

타이밍이 너무 딱 들어맞아 내가 항의하자,

"게임을 하는 건 아니야."

블랑은 입술을 뾰로통하게 내밀며 나를 힐끗 보더니, 어처구니없다는 듯이 말했다.

노는 게 아니라니, 게임기를 앞에 두고 게임을 안 하면 뭘 한다는 거야.

궁금해진 나는 의자에서 일어나 화면을 보려고 했다.

"보, 보지 마…."

블랑은 게임기를 닫고는 먹이를 빼앗기지 않으려고 경계하는 강아지 같은 눈으로 나를 노려본다.

"왜에~. 즐거운 게임을 혼자서만 하는 건 좋지 않다고!"

라고 나는 말했다.

"노는 게 아니라니까. 편지를 쓰고 있어."

블랑은 가볍게 고개를 젓는다.

"편지? 그렇지, 요즘은 게임기로도 메일을 보낼 수 있으니까."

거기에 느와르가 끼어든다. 나는 '편지'라는 말을 들은 순간 흥미진진도가 체인지 오버.

"누구한테? 누구한테 쓰는 거야? 응응!"

테이블을 돌아 블랑의 목덜미를 끌어안고 질문공세. 빵빵해진 배도 잊어버렸다.

한동안은 내가 매달려 있어도 가만히 있던 블랑이었지만, '후우'하고 한숨을 내쉬더니,

"넵튠의 그런 성격…. 여동생 중 한 명이랑 꼭 닮았어."

포기한 듯, 접었던 게임기를 다시 펴서 나와 느와르가 볼 수 있도록 내밀었다. 후후, 나의 어리광부리기 작전 성공! … 여동생!?

"블랑, 여동생이 있었어?"

"두 명 있어, 쌍둥이야. 떨어져서 지내니까, 가끔 이렇게… 게임기 기능을 사용해서 교환 그림일기를 그려…."

그렇게 말하면서 블랑은 게임기 화면을 톡톡 조작해 보여준다.

그걸 보니 과거에 블랑이 여동생들과 교환한 그림일기가 가득하다.

"후후, 확실히 블랑이 쓴 건 금방 알겠어."

나와 함께 화면을 보던 느와르가 웃으며 말한다.

"그러네, 확실히 언니라니까. 그림을 잘 그리는구나."

"조금 특색이 있지만."

그렇다기보다는 동생들의 '작품'이 다들 '예술은 폭발! 반항!' 이라는 느낌으로 폭주하는 경향이 있는데, 혹시나 꽤 어린 여동생들이려나?

"… 그리고 보니 느와르는 언니나 여동생 있어?"

라고 궁금한 걸 물어보니,

"나? 있어. 나도 여동생이 한 명. 유니라는 이름이야."

검지를 들며 느와르는 대답했다.

"유니짱이라… 느와르도 매일 자주 보내?"

계속해서 질문하는 나에게 느와르는 검지를 턱밑에 괴고는,

"가끔 보내. 내 동생도 블랑의 동생도 여기서 멀리 떨어진 이스투아르 기념학원 분교에 다녀."

어째서인지 쓸쓸한 얼굴로 말한다.

그때였다.

갑자기, 내 가슴속이 조금 따끔한 듯한… 느낌이 들었다.

(어라?)

나는 저도 모르게 가슴에 손을 얹었다. 뭐지, 느낌이 이상해.

"넵튠? 왜 그래?"

내 모습을 본 느와르가, 내 얼굴을 살핀다. 나는 당황해서,

"응? 별거 아니야, 진짜로, 진짜."

느와르와 블랑에게 걱정을 끼치지 않으려고 손을 내젓는다.

"그럼 다행이지만."

"괜찮아, 괜찮아, 괜찮다니까."

"… 분명히 과식 때문이겠지. 소화제 있는데, 먹을래?"

아니, 따끔한 건 배가 아닌데. 정말로 아무것도 아니야. 그냥 기분 탓이겠지.

걱정 끼치는 것도 그러니 화제를 바꾸는 게 좋겠어….

게임기가 들었던 파우치를 다시 뒤지기 시작하는 블랑을 말리면서 허둥지둥 생각하고 있으려니.

"아, 여기 있었네. 이쪽 학생 식당에 있었구나. 찾았잖아."

정말이지 어떻게 하면 늘 이렇게 절묘한 타이밍에 나타나는 걸까. 설마… 아니지, 설마 나를 좋아하는 건가? 그런가?

"언제나 생글생글 내 뒤에 기어오는 아이짱!"[6]

하늘의 도움인지, 여신의 축복인지. 익숙한 이 목소리의 등장에, 나는 빙글 돌아 양손을 목소리의 주인공─물론 아이짱을 향해 내밀었다.

"삿대질하지 말라고. 그리고 기어오지도 않았어. 그리고 그 대사는 나의 식스센스가 위험하다고 경고하고 있으니 앞으로는 삼가도록."

아, 네….

뻗어온 아이짱의 손이 내 입술을 막는다. 빤히 바라보는 눈빛이 진지하다.

"무슨 말을 하는 거야…. 그것보다 우리에게 볼일이 있었던 거 아냐? 찾았다고 했잖아."

"아아, 그렇지 네프코가 얽히면 중요한 걸 잊어버리게 된다니까. 진짜로 좀 봐줘."

느와르의 말에 아이짱은 내 입술에 손을 떼기 전에 딱콩을 먹이면서 정신을 차린 것처럼 말했다.

"용무라고나 할까, 소식이 있어서 모두에게 전해주러 왔어. 아마 좋은 뉴스라고 말해도 좋을 거야."

"그림일기의 소재가 될 뉴스인지 어쩐지…. 그게 중요한데."

"그, 그림일기? 쓸 수 있을지 어떨지는 들어봐야 알겠지만…. 어쨌거나 아까 들어온 정보에 의하면…."

흠흠, 의하면?

우리의 얼굴을 둘러보며 이야기하려 하는 아이짱을 끌어들이는 것처럼 나도 느와르도 블랑도 몸을 기댄다.

그러자

'오오오! 노래 도중이지만 다들 들어봐. 지금 플라네튠 종합병원에서 직업 실습을 취재하고 있는 학교 신문, 데일리 이스투아르의 기자가 이 방송실에 빅 뉴스를 가지고 왔어!'

그때까지 계속 노래와 토크를 보내던 학생 식당의 스피커에서 진행자의 흥분한 목소리가 들려왔다.

그렇다고 해도, 여기도 뉴스, 저기도 뉴스? 곤란한데, 뉴스랑 뉴스가 겹치잖아.

주변을 둘러보니, 학생 식당에 있는 다른 학생들도 식사를 멈추고 스피커를 주목하고 있었다.

나는 아이짱을 보고 뒤돌아서 스피커를 보고, 또 뒤돌아서 아이짱을 보고….

"네프코, 목 삔다."

"하, 하지만! 어떤 뉴스를 먼저 들으면 되는 거지?"

"알았어, 내 건 나중에 천천히 들려줄 테니까. 먼저 방송부의 뉴스를 들으라고."

"조, 좋았어."

아이쨩이 그렇게 말한다면 어쩔 수 없지. 우리는 대화를 중단하고 스피커에서 흘러나오는 목소리에 귀를 기울인다.

'그럼 전달하겠습니다! … 지난번 학원제 전기제에서 마물에게 조종당해 사건을 일으키고, 고등부 여신 후보 양성과 1학년인 넵튠 일행에게 제압당한 뒤 혼수상태에 빠져 플라네튠 종합병원에 입원해 있던 마제콘느 학장이 의식을 되찾았다고 합니다.'

학교 식당 여기저기에서 '오!' '흐음' 등등 여러 가지 반응이 있었다.

우리도 무심코 얼굴을 마주본다.

'진찰한 의사의 인터뷰에 따르면, 마제콘느 학장은 사건에 관련된 기억이 일부 남아 있어 학생과 직원에게 사죄의 말을 전했다고…. 아아, 학장. 의식이 돌아왔구나. 정말 다행이야.'

귀여운 목소리의 진행자가 있는 힘껏 진지한 분위기로 뉴스를 전달한 후 달성감에 취해 이야기하는 것에 맞춰 나도 가슴을 손으로 가볍게 치며 고개를 끄덕인다.

'이 상태라면, 조만간 학교에 돌아올 것 같네. 나쁜 마물에게 씌다니. 상상하는 것만으로도 무서워. 학장이 돌아오면 모두 따뜻하게 맞아주자! … 그럼 다음 곡 간다!'

누군지는 모르겠지만 잘했어, 신문부와 방송부 아이들. 특히 '넵튠 일행'이라는 부분. 음, 주역이 누구인지 잘 알고 있네.

"그럼 다음에는 아이짱의 뉴스를 들어봐야지."

나는 그렇게 말하고 아이짱을 바라봤다.

그러자 어째서인지 아이짱은 뺨을 긁적거리고는 시선을 피한다.

"… 왜 그래 아이짱?"

"아, 아니, 저기!"

아이짱은 뺨을 긁적이며 언제나의 빠릿빠릿한 모습은 어디론가 날아간 것처럼 부끄러운 듯 나를 흘끔흘끔 바라보며 말했다.

"아까 방송에서, 전~부 말해버렸네."

에헷, 실패했네☆인거야?!

‖

학장씨… 으음, 나도 이제 이 학원의 훌륭한 일원이니 제대로 '마제콘느 선생'이라고 불러야 되나?

마제콘느 선생의 의식이 돌아오고 조금씩 건강해지고 있다는 뉴스를 듣고 솔직히 나도 안심했어.

그 사건에서 3개월이 지났지만, 그 사건에 관련된 사람들에게 있어서 마음에 걸리는 건 마제콘느 선생의 행방이었으니까.

그 학원제 때, 내가 다른 세계에 있는 또 다른 나의 힘을 빌려 마제콘느 선생에게 씌인 또다른 '대마녀 마제콘느' -아아 복잡하네!- 를 멋지게 해치운 건 이전 이야기를 읽은 사람들에게는 굳이 설명할 필요 없겠지?

이 권부터 읽은 새로운 친구들, 그것도 나름 기쁘지만 가능하면 지금 당장 근처의 책방으로 돌격해서

"초차원 게임 넵튠 하이스쿨 1권 주세요!"

하고 커다란 목소리로 부끄러워하지 말고, 당당하고 예의 바르게 어깨를 펴고, 점원에게 말해주면 정말 좋겠어!

어라, 내가 무슨 얘기를 하고 있었더라?

아 그렇지, 마제콘느 선생 이야기지

마제콘느 선생은 우리와 싸운 뒤에는 그대로 의식을 잃었어.

'생명에 지장은 없음'

의사는 그렇게 이야기했지만, 학원의 모두가 상태를 걱정하고 있었지, 물론 나도 포함해서.

당연히 입원 중에는 학장으로 일할 수 없으니 학원제 뒤에는 다른 사람이 학장 대행으로 왔다고 아이짱이 전에 말했어.

그래서 어떻게 마제콘느 선생이 다른 세계의 마녀에게 씌었는지, 그동안 학원에는 비밀로 하고 꾸몄던 이런저런 것들에 대해서 전혀 알지 못하거든.

아이짱은 우리와 함께 사건의 중심에 있었기 때문에 그에 대한 정보를 조사하는 일을 에이전트 양성과의 '과제'로 받아 매일매일 힘들다고 투덜거리고 있었지.

그런데 겨우라고 해야 할지 갑자기라고 해야 할지, 마제콘느 선생이 눈을 떴다는 뉴스가 날아와 이삼일간은 학원 전체가 이 화제로 들썩거렸어.

나는 이 학원에 온 지 아직 일 년도 채 안 돼서 자세한 건 모르지만, 전부터 이 학원에 있었던 선배들(… 벨이나 블랑을 선배라고 부르니 이상하네)의 이야기로는 마녀에게 씌기 전의 마제콘느 학장은 제멋대로고 성격이 급한 면이 있긴 하지만 의지가 되는 평판이 좋은 선생이었던 것 같다.

그래서 선생들 사이에서는,

"학장 선생, 빨리 돌아왔으면 좋겠네."

같은 따뜻한 컴백 콜이 있다는 것 같다.

하지만 내가 느낀 '다행이다'는 다른 사람들의 '다행이다'와는 조금 달라.

그도 그럴 게, 생각해 보라고.

잇승과 또 다른 나에게 '씌어 있는 나쁜 마녀를 물리쳐 줘!'라고 부탁을 받아서 물리쳤지만, 마녀의 저주(?)에서 해방돼 원래대로 돌아와야 할 마제콘느 선생이 일어나질 않잖아?

아무리 생명에는 지장이 없다고 해도 나도 모르게 실수를 저질렀을지 모른다고 걱정했단 말야.

뭐라고 말해야 하나, 게임을 하면서 모든 플래그는 남김없이 회수했는데 CG 감상 모드에 딱 한 개 '? 마크'가 남아있는 것 같은 찜찜함.

그거야말로 내가 뒷맛이 개운치 않다고.

하지만 이렇게 마제콘느 학장이 무사히 눈을 뜨고, 학원이 환영 분위기로 들뜨는 걸 보면 가슴의 답답함이 사라진 것 같아.

CG 달성률 100%. 이걸로 경사스럽게 올 클리어.

사건 배경 같은 건, 또 다른 게임이라고. 그런 건 아이짱이 열심히 해결해 주면 돼. 해피엔딩 해피엔딩!

….

… 원래는 이렇게 돼야 한단 말이지.

그런데 어딜, 그렇게는 안 되지! 라는 분위기란 말이야. 사실 내 마음속에는 하나 더 아직도 신경 쓰이는 무언가가 있어.

그 원인은….

"네푸네푸. 아침부터 궁금했는데, 왜 오늘은 그 검을 가지고 온 거에요? 학원제가 끝난 뒤에는 기숙사에 소중하게 장식해 뒀잖아요."

어느 날의 쉬는 시간, 직업 실습도 무사히 끝나고 편안한 얼굴을 한 컴파가 나에게 말을 걸었다.

"아, 이거? 오늘 또 변신하는 수업이 있어서. 선생에게 허가를 받아 사용해 볼까 하고."

"아아, 의욕이 넘치네요. 좋은 일이에요. … 하지만 갑자기 왜 그러는데요?"

"응? 왜 그러냐 하면…"

나는 칼집에 넣은 채 책상에 세워놓은 검을 바라보며 말했다.

그래, 그렇지.

내 마음에 남아 있는 개운치 않은 느낌의 원인…. 그건 이 검이다.

대마녀 마제콘느를 쓰러뜨리기 위해, 다른 세계에서는 진짜 여신인 또 다른 내가 나에게 맡긴 검.

이거, 이대로 내가 가지고 있어도 되는 걸까?

컴파는 '받았다'고 말했지만 나로서는 '맡겼다'고 하는 게 적당한 표현인 것 같다. 빌렸다고도 할 수 있고.

마제콘느 선생에게 씌인 대마녀를 이 검으로 쓰러뜨렸다면 원래 주인인 또 다른 나… 여신 퍼플하트에게 돌려줘야 하는 거 아닐까?

게임도 무기도 빌린 뒤 돌려주지 않는 건 좋지 않다고.

대마녀의 의식은 퍼플하트가 자신의 세계로 데려갔으니, 그때 이 검도 가지고 갔으면 좋았을 텐데. 하지만, 그 싸움이 끝난 후에도 검은 여전히 나에게 있다.

이건 어째서일까?

무슨 이유가 있다곤 해도 전혀 모르겠어….

"네푸네푸, 계속 그게 신경 쓰였던 거에요?"

정신을 차려보니 나는 속마음을 컴파에게 털어놓고 있었다.

"계속 신경 쓰였다고나 할까… 갑자기 생각이 났어. 마제콘느 선생의 의식이 돌아왔다는 뉴스를 듣고, 아, 그렇지 이런 일도 있었지 라는 느낌? 제대로 말할 수는 없지만."

"으음, 듣고 보니 확실히 그렇기도 하네요…. 아이짱은 어떻게 생각해요?"

내 이야기를 듣고 눈썹을 찌푸리며 생각에 잠기는 컴파. 결국, 이렇다 할 이유는 생각해 내지 못하고 앞자리에서 휴대폰을 만지고 있던 아이짱에게 말을 건다.

나도 컴파도 곤란한 일이 있을 때에는 아이짱에게 의지하는 건 변함없다.

하느님, 부처님, 아이짱님~[7] 길을 잃은 두 마리 어린 양을 굽어 살피소서.

"흐음, 짐작도 못하겠는데."

하지만 도움이 될 거라 생각한 아이짱은 휴대폰을 주머니에 넣은 뒤 우리를 둘러보고는 무정하게 대답한다.

"그럴 수가… 하지만 아이짱은 우리를 지켜보라는 의뢰를 잇승에게 직접 받았잖아. 뭔가 들은 거 없어?"

"잇승씨… 그 교회에 있던 작은 요정 같은 사람 말이죠? 확실히 학원 이사장이었죠."

---

7 일본 프로야구의 명투수 이나오 가즈히사의 에피소드. '하느님, 부처님, 이나오님.'

"아니야. 그 후에 조사를 해봤지만 그 사람이 이 학원의 이사장이라는 정보는 전혀 없었어…. 생각해 보면 그때 그녀는 '이사장이라고 해 두세요'라고 말했지 '이사장입니다'라는 단언은 안 했다고."

그렇다면 어떻게 된 거지?

아이짱의 말에 나와 컴파는 고개를 갸우뚱하며 마주본다.

"하지만 아이짱, 그 사람의 명령을 받아 네푸네푸를 감시했잖아요? 그 외에도 검은 옷의 아저씨…. 에이전트과의 선생들도 같이 있지 않았나요?"

"그래! 그렇지!"

컴파가 말하자 아이짱은 갑자기 기세 좋게 몸을 내밀었다.

"나도, 그때 너희가 악덕 금융업자라고 착각했던 선생들도 어째서인지 그녀가 이사장이라고 믿어 의심치 않았다고. 조금만 생각해 보면 이상한 이야기라는 걸 알아챘을 텐데."

"… 의외로 아이짱도 허술하네. 나를 바보 취급하면 안 될 것 같은데?"

"끝까지 들으라고. 네프코가 말하는 '잇승'…. 네프코가 엿본 다른 세계에서의 일을 믿는다면 그 작은 요정은 다른 세계의 '이스투아르님'일 가능성도 있어. 그렇다면 우리는 그녀의 힘으로 일종의 최면에 걸려 그녀의 말에 아무런 의심도 없이 협력했을지도 모르지."

"가능성이 있다든지, 지도 모른다든지…. 끝까지 들어도 확실하지 않네. 네푸푸."

나는 입술을 삐죽 내밀며 책상 위에 손을 뻗는다.

"그래서 나도 지금까지 얘길 안 한 거야. 물어보니까 대답해준 거지만…. 사실은 마제콘느 학장이 이상해진 뒤 생긴 일련의 사건, 해결된 것처럼 보이면서도 중요한 건 아무것도 모른단 말이야."

아이짱이 어깨를 움츠리며 고개를 젓는다. 그리고는 그대로 의자 등받이를 향해 앉고는 계속 말한다.

"하지만 네프코가 그 검에 관심을 보이는 건 어쩌면 잘하는 건지도 몰라. 지금 이 세계와 다른 세계를 이어주는 열쇠는 그 검밖에 없으니까."

"하다못해 잇승씨나 퍼플하트씨… 였나요? 또 한명의 네푸네푸와 다시 만나서 이야기를 할 수 있으면 좋을 텐데요."

컴파가 아이짱의 뒤를 이어 말한다.

그거야 컴파의 말대로 다시 만나서 이야기를 하는 게 제일 좋겠지. 좋겠지만….

"만난다고 해도, 어떻게 해야 하는 거야. … 아아, 나의 이 개운치 않은 마음은 언제 해소되는 건데!"

"네푸네푸, 초조해하면 안 돼요. 분명히 다른 단서가 있을 거예요."

"검을 빌려주고 안 돌려주는 일 운운하는 건 넘어가고. 역시 나도 진실이 알고 싶어. 직접 부딪혀 봐야지. 형사물에서도 현장은 백 번은 봐야 한다고 하잖아. 잇승과 만났던 낡은 교회 지하에 다시 가보는 것도 좋을 것 같아."

두 사람의 격려에 나는 천천히 몸을 일으켰다.

"그럼 우리 두 사람만이 아니라 느와르랑 벨이랑 블랑도 같이 가야겠지. 그 아이들도 당당한 당사자니까."

"… 그건 그렇네."

"물론이죠. 모두 힘을 합쳐 진상규명이에요!"

좋았어. 그렇게 정했으면 방과 후에 벨의 방에서 작전 회의를 하자. … 간 김에 케이크도 얻어먹고!"

나는 새롭게 결심하고 소리 높여 선언했다.

그러자,

"그 목소리는 넵튠. 아이에프랑 컴파도 있네. 잘됐다. 다음 수업에 쓸 프린트를 받아 왔는데 양이 많아. 나눠주는 것 좀 도와줄래?"

교실 입구에서 우리를 부르는 느와르의 목소리.

그쪽을 보자 얼굴 앞에 탑처럼 쌓아 올린 프린트의 좌우에서 자랑인 트윈테일만 빠져나온 느와르의 모습이 보였다."

"어? 그거 혼자서 가져온 거야? 아, 움직이지 마. 바로 갈게."

이런이런, 방과 후 작전 회의 전에는 수업이 꽉 차 있었지.

이게 학생의 괴로움이라니까.

III

"다들, 어서 와요. 내일 내가 초대하려고 했는데, 마침 잘 됐네요. 안으로 들어와요."

"고, 고마워⋯. 그럼 실례합니다."

"우리 사이에 왜 그래요, 네푸네푸. 그렇게 남처럼 굴고. 다들 어서 들어와요!"

⋯ 음⋯ 아⋯ 네.

들떠 있는 거로는 지지 않을 자신이 있지만, 오늘의 벨 아가씨는 조금 꺼려질 정도로 들떠 있는 상태였다.

일부러 기숙사 현관까지 나와서 우리를 맞이한 시점에서 벨의 성격으로는 조금 이상하네.

그 들떠 있는 모습에,

"오래간만에 들떠 있네. 기분 나쁜 예감이 드는데."

"⋯ 어차피 별거 아니겠지."

우리보다 벨과 오래 알고 지낸 느와르와 블랑은 걱정스럽다는 얼굴. 한편,

"벨, 방을 개장했다면서요. 어떤 방인지 굉장히 기대돼요."

사람을 의심하는 법을 모르는 컴파는 순수하게 눈을 반짝였다.

"분명히 컴파도 마음에 들 거에요. 자아! 자아아! 빨리 안으

로, 안으로!"

컴파의 반짝이는 눈에 기분이 좋아진 벨은 컴파의 손을 잡고는 에스코트한다.

"입구는 예전과 같지만, 일단 기록해 둘까."

그 뒤를 따르는 아이짱은 재빨리 휴대폰의 카메라를 꺼내서 찰칵찰칵.

"어쩐지 마음이 무거운데…. 블랑 먼저 가."

"… 일단 넵튠을 방패로 삼자."

마지막까지 불안해하는 두 사람은 내 등 뒤로 숨어서 벌벌 떨고 있다.

"둘 다 뭘 그렇게 무서워하는 거야?"

"일 년쯤 전에도 비슷한 일이 있었지…."

"그때도 이상할 정도로 들떠 있었어. '일상생활에서 BL 캐릭터에게 둘러싸여 있고 싶다'라고 말하더니 업자에게 특수 제작한 피규어를 50개 정도 기숙사 여기저기에 멋대로 장식했지. 그것도 그 피규어의 포즈가 뭐랄까… 미풍양속을 저해하는…."

"아, 아아. 그거 꽤 힘들었지."

"솔직히 견디기 힘들어."

그런 이야기를 들으니 8:2 정도로 재미있겠다고 생각했던 나도 조금은 불안해진다.

앞서 가는 컴파와 아이짱에게 조심하라고 전해주고 싶었지만, 어쩌다 보니 벌써 벨의 방 앞이다. 다른 기숙사생의 방에 비해 몇 배는 커다란 문 앞에 도착했다.

"그럼, 봐 주세요. 새롭게 태어난 저의 방. 여기에는… 그렇지, 미래! 미래가 담겨 있어요."

그리고는 벨이 문을 열었다.

나는 느와르와 블랑의 손을 억지로 잡아끌고 방 안으로 들어갔다.

과연 우리는 여기서 무엇을 보게 될 것인가!?

"… 어라, 아무것도 없잖아."

한걸음 들어간 나는 소리를 질렀다.

방에 들어간 우리의 눈앞에 들어온 건 천장도 바닥도 벽도 전부 하얗게 칠해진 아무것도 없는 공간.

하지만 넓이는 이전 그대로다.

동서고금의 게임을 모아놓은 천장까지 닿았던 거대한 책장은?

내 방에 있는 거랑 비교하는 것도 마음이 아픈 하이비전 모니터는?

우아하고 고급스러운 티 세트는? 테이블은? 소파는?

다들 어디로 사라진 거야?

"버린 건 아니에요. 그건 그것대로 소중한 컬렉션이니까 다른 장소에 보관하고 있어요. 하지만 지금 저는 미래의 게임을 체험하는 게 더 중요해요."

벨이 우아하게 손을 내밀어 나만이 아니라 방에 들어온 모든

이가 제각각 떠드는 것을 막으며 말하지만…. 무슨 얘길 하는 건지 모르겠어.

"이 새하얀 방이… 미래인가요?"

아까까지 빛나던 눈은 어디로 간 거야, 컴파.

"조금도 아니고 무척 보기 답답한데. 이 새하얗고 아무것도 없는 방은. 설마 공기가 부족한 건 아니겠지?"

핸드폰으로 사진을 찍는 걸 멈추고 실망한 듯 말하는 아이짱.

"… 분명히. 이 방에서 보내는 일 년이, 밖에서의 하루."[8]

라고 블랑이 말한다. 표정은 보통 때와 다름없지만 당황한 것 같다.

"나도 블랑이랑 똑같은 거 생각했어. 중력은 열 배가 되는 거지?"

"느와르도 제법인데. 하지만 원작은 두 명밖에 못 들어간다고."

컴파만 빼면 같은 전파를 받은 듯한 우리가 각각 제멋대로 이 하얀 방에 대해 상상의 나래를 펼치자,

"모두 무슨 소리를 하는 건지 모르겠지만…. 중요한 건 지금부터예요. 세계 최신 최첨단의 기술을 잘 보라고요!"

아직도 자신만만한 벨이 어느새 리모컨의 스위치를 눌렀다.

새하얀 방에 울리는 전자음. 그리고 다음 순간,

---

8 드래곤 볼. 정신과 시간의 방이죠.

"오, 오오오~~~!?"

새하얀 벽과 천장이 순식간에 변해, 레이저 광선이 날아다니고 반짝반짝 빛나는 미러볼이 돌아가는 댄스 플로어가 됐어! 그리고 입구 정면에 있는 벽 가운데에 벨의 체형을 그대로 베낀 듯싶은 실루엣이 등장하고, 그 오른쪽 위에 스코어 표시 같은 숫자가 나타났다.

"어? 설마 이거, 게임?"

"맞아요."

블랑이 큰 가슴을 내밀며 또박또박 모델 같은 걸음으로 방 한가운데로 가서 천장을 향해 오른손을 들었다.

그러자 벽에 비친 실루엣도 손을 든다. 마주 보는 거니까… 이쪽은 왼손? 어찌 됐건 벨의 움직임에 연동하는 건 확실한 것 같다.

그리고 흘러나오는 큰 소리의 댄스 뮤직.

벨은 어안이 벙벙해져 입을 멍하니 벌리고 있는 우리를 곁눈질하며 어디서 얼마나 연습했는지 화려하게 춤추기 시작한다.

실루엣의 주변에 반짝이는 고리가 떠오르고, 거기에 재빨리 터치하는 것처럼 벨의 팔이 움직인다. 다리도 움직인다. 움직인다, 움직여.

그럴 때마다 오른쪽 위의 스코어가 톡톡 튀면서 '100COMBO!', '200Fever!'등의 메시지와 함께 화려한 연출이 화면을 장식한다.

몇 분이 지나 한 점 빈틈없는 완벽한 안무로 춤을 마친 벨은 살짝 땀을 흘리며 숨을 내쉬곤 만면에 웃음을 띤 채 우리를 돌아본다.

"어때요? 방 전체를 커버하는 모션 센서로 플레이어의 움직임을 퍼펙트하게 트레이싱![9] 지금은 게임에 자신의 몸을 핏&커넥트하는 시대라고요. 이거야말로 게임의 새로운 가능성. 퓨처 솔루션이죠."

저 자신만만한 얼굴, 그리고 무슨 소린지 당최 알 수 없는 외래어.

"360도 모두 게임 공간. ··· 360은 이 세계에서 제일 아름다운 숫자죠.[10] 마치 모든 게이머의 꿈을 구현한 방이라고 생각하지 않나요?"

나도 게임은 좋아한다고? 아까의 댄스 게임도 함께 놀면 재미있을 것 같아. 하지만 아무리 뭐라고 해도 이건 좀···. 무엇보다 방 전부를 게임기로 만들면 생활은 어떻게 하겠다는 거야?

"저, 저기··· 벨. 미래의 게임은 확실히 굉장하지만 의자도 테이블도 없고 게임을 하지 않을 때에는 새하얀데··· 불편하지 않을까요?"

벨만 빼면 그 자리에 있던 모두가 생각했던 딴지를 컴파가 대표로 이야기했을 때, 우리는 동시에 '응응'하고 고개를 끄덕였다.

---

9 체감형 주변기기 키넥트. 하드웨어의 명가 MS의 하드웨어 중에서도 가장 히트한 물건.
10 아직 엑스박스 원이 발표되기 전이었으니까요. 지금은 1이 가장 아름다운 숫자일 듯 싶습니다.

이렇게 누가 이야기해도 비난이 들끓을 것 같은 상황에서도 모난 데 없이 부드럽고 둥글둥글한 분위기로 감싸주는 컴파 같은 캐릭터는 소중하단 말야.

예를 들어서 느와르가 같은 말을 퉁명스럽게 내뱉으면 벨이,

"이래서 라스테이션 같은 시골 사람들은 안된다니까요."

라고 깔보는 듯한 시선으로 쏘아붙여 수습이 안 될 것 같은 부분도 컴파가 부드럽게 물어보면,

"괜찮아요. 저 한 명이 잘 만한 공간은 따로 확보해 놨으니까요."

저것 봐, 저렇게 알고 싶은 부분만 이야기하고 종료.

뭐 그것만이라면 좋겠지만, 이러면 곤란한데….

"그럼 네프코의 계획은 실현하기 어렵겠는걸."

재빨리 그걸 눈치챈 아이짱이 슬쩍 이야기한다.

나도 불길한 예감이 등줄기를 스쳐 지나가 벨에게 물어본다.

"저, 저기…. 벨."

"네푸네푸도 뭔가 궁금한 게 있나요? … 아, 아니면 저랑 같이 게임을 하고 싶어서?"

"아, 아하하. 대전은 나중에 천천히 하자. 그, 그것보다 방을 전부 게임 룸으로 개조하고, 깜짝 놀랄 만한 모습이 됐다는 건… 우리들 이제는 방과 후에 같이 차를 마시거나, 케이크를 먹거나 할 수 없는 거야? 그게 좀 신경 쓰이네."

우우, 꽤 돌직구라 물어보기 어렵네…. 당황당황.

벨의 답변은

"그건 어렵겠네요. 무엇보다 이 방 전부가 정밀기계니까. 지저 분해지는 건 안 되거든요. 그런데 그게 왜요?"

깔끔하게 '그게 왜요?'라고 이야기하니 이쪽에서 할 말이 없어진다.

으음, 게이머의 혼은 무서운지고.

최신 게임으로 쾌적하게 놀기 위해서라면 그렇게 편안한 공간도 아낌없이 없애버리는 건가…. 뭐, 다른 사람은 뭐라 할지 모르겠지만 적어도 나는 어떤 의미로는 훌륭하다고 생각해. 응.

하지만 그거랑 이거는 말이 다르다고나 할까, 소중한 작전 회의 & 휴식 공간을 이런 형태로 사용할 수 없게 되다니 그건 그것대로 아쉽네.

"저기… 분명 다들 '오늘은 밤새도록 게임 대회다!'라는 마음으로 오신 거 아닌가요? 아니면 다른 용건이?"

여기까지 와서야 겨우 우리의 반응이 덤덤하다고나 할까, 벨의 기대와는 다르다는 걸 알게 된 듯, 벨은 불만스러운 목소리로 우리에게 말했다.

"이전의 피규어 사건도 그렇고, 이번에도 그렇고. 자기가 하는 일은 모두에게 받아들여지리라 생각하는 게 짜증 난다니까."

"알기 쉽게 말하면, 머리가 아까워. 영양이 쓸모없는 데에만 돌아간단 말이지."

아무래도 벨의 불만스러운 목소리가 방아쇠 역할을 한 것 같았다.

벨이 말하자마자 관자놀이에 손가락을 대고 '이런이런' 하는 느낌으로 고개를 흔들던 느와르와 블랑은 배려라고는 0%도 없는 차가운 말로 대응한다.

"네푸네푸, 이건 좀…. 위험하지 않을까요…"

급강하폭격으로 안 좋은 분위기에 휩싸인 실내. 이런 분위기에 민감한 컴파가 슬금슬금 내 교복 소매를 잡아당긴다.

응, 일일이 가르쳐 주지 않아도 괜찮아 컴파. 이미 세 명의 시선이 파직파직 스파크를 일으키기 시작했으니까.

"첫 위기를 간신히 컴파가 막아줬는데…. 세 사람 다 눈빛이 진심이고, 불이 붙으면 끝장이겠는데 이거."

아이짱의 에이전트다운 냉정한 분석.

… 하지만 막으려고 하지는 않는구나.

"아무래도 느와르도 블랑도, 게임의 미래를 솔직히 받아들이는 감성이 부족한 것 같네요…"

아, 안돼.

아이짱이 말하는 '불이 붙는다'는 상태를 자신이 불러오려는 듯, 벨이 그런 말을 던져 버렸다. 지금 라이터로 불을 당겼구나.

"모션 센서 체감 게임은 르위에선 몇 년도 더 전에 했던 거라고, 이제 와서 놀랄 것도 없잖아."

"그리고 소형에 고성능인 게 최근의 흐름이야. 놀기 위해 이런 넓은 공간이 필요하다는 게 난센스 아니야? 그 점에 있어서는 라스테이선제가 효율적이라니까. 집에 있는 거치형도 들고 다니는 휴대용도 같은 퀄리티로 동일한 게임을 가지고 놀 수 있다고…[11] 이게 오히려 미래라고 생각되는데."

상대하는 블랑과 느와르도 인정사정없는 파이어 파이어.

기숙사의 이름이기도 한, 각자 출신 지역의 게임 트렌드를 서로 꺼내 한 치의 양보도 없이 겨루고 있습니DA.

"여러분이야 학교 뒤에 있는 토끼장보다도 작은 방에 사니, 자연스레 생각하는 것도 편협해지네요. 네네, 그럼 됐어요. 편협한 생각에 어울리는 작은 화면으로 만족하세요. 언제나 크고 아름다운 세계로 눈을 돌리는 린박스의 광대한 이상을 이해하는 건 처음부터 어렵겠죠."

물론 벨도 양보가 없다.

"뭐, 뭐라고!"

"그냥 듣고만 있을 순 없는데."

"화낸다는 건 정곡을 찔려서겠죠. 둘 다 얼굴이 빨개져서 필사적인데요. 그렇죠."

"멋대로 정하지 말라고."

"마, 맞아! 트집도 정도가 있지!"

이래서야 한동안은 끝나지 않겠는데.

"어떻게 할까? 아이짱."

---

11 확실히 PS3와 PS Vita는 거치형과 휴대용의 성능 격차가 크지 않은 편이죠.

"놔두자고. 싸울 정도로 사이가 좋다는 말도 있잖아. 네프코도 전부 실황중계 해주다가는 페이지가 모자란다고. 못 본 걸로 치고 주스라도 사러 갈래? 역시 이 하얀 방은 조금 답답하네."

"아, 그거 좋다. 주스 찬성. 컴파도 쓸데없이 휘말려들지 말고 일단 철수하는 건 어때?"

"네? 정말로 괜찮아요? 네푸네푸, 아이짱, 그렇게 간단하게… 아, 기다려 주세요. 혼자만 놔두지 마요!"

영차영차, 이 문 자동문으로 만들어 주면 안 되려나. 후우.

하아, 이거 참. 그건 그렇고 곤란하네. 이제부터 우리는 방과 후를 어디서 보내야 하지.

… 어라, 그게 중요한 거였나?

IV

"컴파, 그쪽은 어때? 뭔가 찾았어?"

돌로 된 넓은 공간에 내 목소리가 크게 울려 퍼진다.

"뭔가… 라니~도대체 어떤 게 '뭔가'인가요?"

잠시 후 당황한 듯한 컴파의 목소리가 역시나 크게 울려 퍼진다.

하지만 '어떤 게 뭔가'라고 물어보다니. 컴파도 꽤 철학적인 표현을 쓰는데? 잘 모르겠지만.

"··· 아이에프, 그쪽에 전등 좀 비춰줘."

"알았어. 뭔가 찾았어?"

"··· 어떤 게 '뭔가'인지는 모르겠어. 하지만 이 벽··· 무슨 무늬처럼 보이지 않아?"

"굉장히 철학적이네. 어디 보자."

아 역시 철학적이로구나. 아이짱이 그렇게 말하는 거라면 맞겠지. 맞을 거야.

"컴파, 조금 전의 컴파는 굉장히 철학적이었어!"

"아, 하아···. 저, 네푸네푸랑 친구가 된 지 꽤 지났지만 ··· 아직도 가끔 네푸네푸가 무슨 소리를 하는지 모를 때가 있어요. 슬프네요···."

"알겠어, 컴파? 아무 생각도 안 하고 떠드는 사람의 사고를 이해하려 한다는 게 무모한 거라고. 그러니까 슬퍼할 필요는 1그램도 없어."

"느와르··· 위로해 주는 거에요? 고마워요."

"좋아좋아. 나는 컴파가 정말로 대단하다고 생각해. 잘도 넵튠 같은 애랑 매일같이··· 기숙사 룸메이트고, 많이 힘들지?"

어.

잠깐만, 왜 내가 뭔가 말하면 바보 취급을 당하는 건데. 정말이지 너무한다니까.

'춤추는 지하 교회 대수사망'[12]이라고 대대적으로 이름을 붙이고 조사를 시작한 지 약 두 시간, 이거다! 라고 할 만한 단서를 찾지 못해 내 컨디션 미터기가 편치 않은 방향으로 기울어지려고 한 바로 그때였다.

"느와르! 네푸네푸를 바보 취급하는 건 내가 용서할 수 없어요!"

"네풋!?"

갑자기 어둠 속에서 나타난 벨이 마치 흉악한 몬스터로부터 나를 감싸는 것처럼 굉장한 기세로 나를 끌어안았다.

변신 전이라면 벨보다 조금(그래, 조금이라고!)키가 작은 나.

예전 온천 때에도, 오른쪽도 왼쪽도 부드럽고 커다란 두 개의 뿌요뿌요 사이에 얼굴이 푹 파묻혔었지.

"뭐야 갑자기, 너 어느새 그렇게 넵튠이랑 친해진 거야?"

"저는 친구가 된 그날부터 계속 네푸네푸를 좋아했어요. 하지만 아까부터 넵튠이 더욱더 좋아졌다고요."

그… 그런 거야? 그랬던 거야?

"네푸네푸는… 네푸네푸만은 느와르나 블랑과는 달리 내가 표현한 미래의 비전을 이해해 줬어요. 그러니까 나는 이번에는 전면적으로 네푸네푸에게 협력하겠어요."

아, 그런 거로구나.

---

12 춤추는 대수사선. 저도 '아오시마 코트'가 한 벌 있습니다.

하지만 고마워 벨! 네푸네푸는 정말로 기뻐. 이야아~ 역시나 좋은 일은 하고 볼 일이라니까.

간만이니까 폭신폭신 보들보들한 감촉을 충분히 느끼면서 나는 여기에 오기 전의 일을 생각했다.

아이짱의 권유로 주스를 사러 간 뒤, 이제 충분히 사이좋게 싸움을 끝마칠 타이밍을 계산해 세 명 몫의 주스를 사서 돌아온 우리.

우리 생각대로, 얼마나 심각하게 싸웠는지 하아하아 어깨를 들썩이며 지쳐 있는 그 타이밍에,

"지금이라면 쓸데없는 질문도, 이상한 딴죽도 없이 이야기를 들어 주지 않을까. 언제나 그렇다면 편하겠지만"

라며 아이짱이 담담하게 아까 교실에서 나와 컴파에게 했던 것과 같은 말을 꺼냈다.

설마 아이짱, 그걸 노리고 싸움을 안 말렸던 건가. 역시 책략가. 아이짱, 무서운 아이![13]

그쪽의 진상은 넘어가기로 하고, 아이짱이 이야기하는 동안 한가했던 나는 벨에게서 고양이 같은 동작으로 리모컨을 빼앗아 아까의 체감게임을 스위치 온!

이 손으로 우주…. 아니지, 린박스의 미래를 움켜쥐기 위해 렛츠 체험.

---

13 유리가면. 사실 전 마야보다 아유미가 더 무섭습니다.

최신 게임에 흥미가 없지는 않고, 벨의 데모 플레이를 보고 속으로 해 보고 싶었으니까.

그리고 실제로 해 보니 이게 엄청 재미있더라고!

맹세하지만 린박스의 댓글 알바가 아니라고. 정말로 재미있었다니까, 느낀 그대로 벨에게 '재미있었어'라고 말하니 굉장히 감격해서,

"네푸네푸라면 분명히 이해해 줄 거라고 생각했어요. … 저, 이 우정에 응답해야겠죠. 온 힘을 다해서! 그러지 않으면 친구 입장에서만이 아니라 상급생으로서도 체면이 서지 않아요!"

그리고는 젖은 눈동자로 나를 빤히 바라보면서,

"이이에프의 이야기를 잘 들었어요. 개운치 않은 네푸네푸 마음 속 앙금을 풀고, 그 사건의 진실에 빛을 비추기 위해 협력하겠어요. 자아, 그럼 빨리 그 지하 교회를 조사하러 가요!"

한 마디도 틀리지 않았다고는 말할 수 없지만, 대충 이렇게 된 거야.

은톨이인 벨이 온 힘을 다해 직접 이런 말을 하리라고는 생각지도 않았는데 말이야. 나도 들은 순간 '휘유'라고 이상한 소리를 내 버렸어.

그렇게 신경이 쓰이는 이런저런 단서를 찾아 잇승과 만났던 그 숲속에 있는 교회로 왔는데….

"뭔가 무늬인 줄 알았는데."

"가까이에서 보니 그냥 얼룩이네요."

아까 철학적인 문답을 주고받았던 아이짱과 블랑이 아쉽다는 투로 말하는 것이 들려, 슬슬 막다른 곳에 있는 기분이다.

그야 뭐, 그렇게 간단하게 희귀한 빨간 상자[14]가 톡 하고 나오는 전개는 기대하지 않았지만, 정말로 아무 수확이 없으면 우울하다니까.

"잠깐. 과자 먹자, 과자."

나와 컴파, 느와르와 벨, 아이짱과 블랑. 세 팀으로 나눠 둘러보던 중, 제일 신중하게 조사할 것 같은 아이짱과 블랑 팀도 아무 수확 없이 끝났다는 걸 알고 피곤해진 나는 그렇게 말했다.

아무도 반대하지 않았다는 건 다들 피곤해서겠지. 바로 '그래, 그렇게 하자'라고 결정이 났다.

아이짱이 가져온 커다란 회중전등을 가운데에 놓고 우리는 바닥에 빙 둘러앉았다.

미끌미끌 차가운 바닥의 감촉이 굉장히 기분 좋다.

조사 전 학원 안에 있는 편의점에서 적당히 사 온 포테이토칩이나 센베 봉지를 펼쳐놓고 그대로 간식타임에 들어갔을 때 느와르가 말했다.

"조사라고 거창하게 말하긴 했지만… 우리가 할 수 있는 건 뻔하네."

갑작스러운, [그건 말하면 안 되잖아]라는 느낌의 발언.

---

14 판타지 스타 온라인. 지금은 판타지 스타 오프라인입니다만.

그냥 있어도 침울한 분위기인데, 지금 그 발언으로 한순간에 분위기가 최저로 떨어졌다.

"게임이라면 좀 더 알기 쉬운 힌트가 있겠지만 현실은 냉정하네요."

그렇지, 게임이라면 부자연스러운 모양을 한 석상을 같은 방향으로 놓는다던지, 한 장만 질감이 다른 텍스처를 무기로 치면 숨겨진 통로가 나온다던지 … 여러 가지 돌파구가 있지.

"아이짱은 에이전트과에서 이런 던전 공략에 도움이 되는 스킬을 배운 적은 없어?"

"가르치지. 절대로 풀리지 않는 밧줄을 묶는 방법이라든지, 라이터도 성냥도 없는 상황에서 불을 피우는 방법이라든지. 모험가 양성소랑 합동으로 무인도 합숙도 하고."

"무인도 합숙은 재미있을 것 같긴 한데 그런 수수한 거 말고 더 없어? … 그렇지. 이렇게 머리 위에 손을 올리고 빙글빙글 돌면 빛이 숨겨진 보물 상자의 위치를 비춘다든지."

"그건 또 무슨 초능력이야. 그 이전에 어디서 그런 빛이 나온다는 거야? 상식적으로 그런 게 될 리가 없잖아."

"어!? 안 되는 거였어!? … 나 어째서인지는 모르지만 아이짱이라면 될 거라는 이상한 확신이 있어서 물어봤는데."

"그렇게 말하면 왠지 모르게 어째서 그런 게 안 될까 고민되는데…. 이상하네. 뭐랄까, 그… 기대에 부응하지 못해 미안하다고나 할까…."

뭐지, 이 멍한 분위기는.

언제나의 '너 바보냐? 딴지 춉! 파악! 우와 미안해애!'같은 흐름이 아닌 껄쩍한 침묵에 나와 아이짱은 서로 마주보았다.

"어, 어째서지."

"어, 어쨌거나!"

이 침묵을 이기지 못한 느와르가 말을 꺼내고는 보란 듯 노골적으로 기침을 하며 말했다.

"넵튠이랑 아이에프가 이 장소를 수상하게 여기는 건 알겠지만, 우리끼리만 계속 조사를 해도 어쩔 수 없을 것 같은데. 이럴 때는 역시, 선생들에게 보고를 하고 어른들이 해결하게 해야지."

이건 우등생인 느와르의 의견이었다.

확실히 맞는 말이긴 하다.

하지만 그건 싫어. 왜냐고? 그도 그럴 게 나, 방금 전에 좋은 생각을 했거든.

지금이야말로 그걸 모두에게 말해야겠다고 생각한 순간,

"나는 반대…."

생각지도 못한 곳에서 반대 의견이 나왔다. 어라 블랑이 가로채 버렸네.

"이건, 소설 소재가 될 것 같아. 어른들이 가로채게 할 수 없지."

"소설이라니…. 저기."

느와르의 관자놀이가 파들파들 떨리는 걸 나는 놓치지 않았다.

이거 위험한 거 아니야? 나도 이 짧은 시간에 두 번이나 싸우는 건 피곤하다고?

그렇게 생각하고 있는 사이에도 두 사람 사이에서는 불꽃이 튀는 게 보이는 것 같았다….

"네, 여기서 스톱이에요. 오늘은 여기까지 하도록 해요. 다들 시간을 보라고요."

불꽃이 본격적으로 타오르기 직전, 절묘하게 그걸 감지한 컴파가 손뼉을 치며 모두의 주의를 돌린다.

"봐요, 벌써 이런 시간이잖아요. 기숙사에 돌아가지 않으면 통금 시간에 걸려 혼난다고요."

핑크빛 벨트가 달린 귀여운 손목시계를 보여주면서, 컴파는 우리의 얼굴을 둘러보고 미소 지었다.

"아, 정말이네. 통금 시간까지 30분도 안 남았어요. 너무 오래 있었나 보네요."

"우와아, 혼나는 것도 싫지만 저녁밥을 못 먹는다고 하면 장난 아닌데."

이거 서둘러야겠는걸.

남은 과자 부스러기를 정리하고 계단을 올라가 지상으로 나오니, 과연 이미 해님은 서쪽으로 지고 있었다.

"아아, 결국 오늘 수확은 꽝인가."

건물 밖에 나와서 팔을 쭉 뻗고 심호흡.

"벨의 방에서 시간을 잡아먹었나. 어쩔 수 없지. 내일 다시 해 보자."

나는 말했다.

"선생에게 사정을 설명하는 게 먼저야. 뭐하면 내가 내일 아침 일찍 얘기해도 되고."

내가 말하자마자 느와르가 끼어든다.

정말로 성실하다니까.

물론 그게 느와르의 좋은 부분이지만.

"으음, 역시 선생에게 말하는 건 아니라는데 나도 한 표."

나는 아까 하려다 만 이야기를 했다. 그러자 느와르가 또 화가 났다는 걸 어둠속에서도 확실히 알 수 있었기에 쉴 틈을 주지 않고 다시 말한다.

"잠깐만, 끝까지 들어봐. 사실 꽤 좋은 걸 생각했다고."

"또 별 거 아니겠지."

"아니야, 아니야. 정말로 명안이라고. 나도 너도 모두가 울트라 해피라고. 속은 셈 치고 내 얘기 좀 들어봐…"

느와르만이 아니라, 모두의 마음도 꼬옥 잡아끄는 연출로 소리를 죽이며 몸을 낮춘 그때였다.

"… 어라? 뭔가 소리가 들리지 않아?"

목소리의 볼륨을 줄이자. 정말로 아주 작게 귀를 간지럽히는 소리가 들려 나는 고개를 들었다.

"차 소리 아닌가?"

"듣고 보니⋯ 그렇게 들리기도 하는데."

"차라니⋯. 이 주변에는 주차장도 없다고. 좀 더 정문 가까이에 있겠지."

벨과 느와르가 서로 얼굴을 마주본다.

"하지만 확실히 들렸어요. 나도 자동차 소리라고 생각했는데요."

느와르의 말에 응답하는 것처럼 컴파도 말했다.

이건⋯ 신경이 쓰여.

어쨌거나 내가 하려던 말은 일단 넘어가고, 우리는 소리가 나는 방향을 향해 가 보기로 했다.

소리는 교회에 있는 광장을 감싸는 숲 저편에서 들려왔다. ⋯그런 것 같아.

왠지 모르게 우르르 달려가면 안 될 것 같아 우리는 숨을 죽이고 발걸음을 재촉한다.

숲이 중간에 끊어졌다.

그러자

"역시 차네. 두 대 있어."

나는 눈앞에 보이는 걸 이야기했다.

더 자세하게 설명하면 한 대는 고급스러운 스포츠카. 나 차는 게임만큼 잘 알지 못하니까 모르겠지만 그거야 그거, 문이 둘밖에 없는 그거.

쇼핑하기에는 어울리지 않지만 납작한 게 빨라 보인다.

색은 빨간색과 검은색과 보라색이라 뭐랄까, 애매한 느낌.

멋지다고 하면 멋지지만 보는 사람에 따라서는 악취미로 보일 수 있는, 감상을 말하기 애매한 타입의 차다.

그 뒤에 서 있는 두 대째의 차는 처음의 스포츠카와는 전혀 다른 인상의 커다란 왜건.

회색으로 도색된 그 차는 안을 볼 수 없도록 모든 창에 검은 시트가 붙어 있다.

특히 눈을 끄는 건 차 옆쪽에 페인트로 쓴 글자.

'건설, 조경, 토목공사 ㈜매직 컴퍼니'

라는데,

"왜 건설회사의 차가 있지? 그리고 이 스포츠카는…."

블랑은 흥미가 느껴지는 모양인지 앞, 뒤, 옆으로 가만히 스포츠카를 관찰했다.

"돈이 많이 들었겠는데. 아마 도색만 해도 천만 크레디트는 확실하네…."

처, 천만? 도색만으로?

"블랑, 정말이야?"

"동생 중 한 명이 로봇으로 변신하는 차로 싸우는 게임센터용 카드 게임[15]에 빠져 있어서 차에 대해서는 조금 공부했어."

"은근슬쩍 좋은 언니라는 걸 어필하네? 블랑. 하지만 그것 때

---

15 트랜스포머 레전드. 현실에서는 모바일용으로 출시되었죠.

문에 차의 도색 같은 세세한 것까지 공부하나?"

그렇게 내가 물어보니

"… 사실 나중에 가서는 완전히 내 지적 호기심으로 조사했어. 차는 파면 팔수록 깊다니까."

그렇구나, 동생과 이야기를 하기 위해 게임에 나오는 차의 이름 정도는 외우자고 하던 게 정신차려보니 게임 이야기는 뒷전으로 넘어간 거로구나.

몰두를 잘한다고나 할까, 본인도 말했지만 알고 싶은 게 있으면 일직선인 블랑의 성격으로 보아서는 있을 법한 전개지만.

뭐, 그건 넘어가고.

"이 왜건에 적힌 회사의 사장이 타는 차일 거야. 분명히. 번쩍거리는 액세서리를 단 아저씨가. 응, 그럴 것 같아."

나는 흥미 반, 질린 마음 반으로 중얼거렸다. 도대체 어떤 얼굴로 이런 차를 운전하는 걸까, 조금은 보고 싶어졌어.

"네푸네푸, 블랑. 인제 그만 가요. 정말로 통금에 늦는다고요."

컴파의 목소리가 그 유혹을 잘라버렸다.

맛있는 기숙사 밥과 등가 교환해 차의 주인을 기다리는 건 좀 그렇지.

컴파의 목소리를 신호로 우리는 누가 먼저랄 것도 없이 차에서 떨어졌다.

"… 그리고 보니, 네푸네푸가 아까 뭔가 말하려다 말았죠. 모두가 해피 어쩌구 그랬는데, 네푸네푸가 생각한 게 뭔가요?"

"아, 그렇지. 그건 말이지, 획기적인 아이디어야. 특히나 벨이 협력해 줬으면 해."

"어머, 저를 지명하다니 눈이 높네요. 알았어요. 뭐든지 말해 보세요."

"한때의 감정에 휩쓸려 네프코의 부탁을 들어줬다간 나중에 울게 된다고. 소스는 나."[16]

"아니야. 아이짱도 들으면 찬성할 거야."

"알았어. 알았으니까 벨트 잡아당기지 말라고, 들어줄 테니 빨리 말해."

"말할게, 말할게! 저기…."

기숙사를 향해 걷기 시작한 지 얼마 되지도 않아 나는 아까의 차에 대해서는 완전히 잊어버리고 의식을 전부 이야기하려다 만 '명안'을 모두에게 이야기하는 데 집중했다.

하지만 그게 문제였어.

며칠 뒤에,

"그때 좀 더 제대로 주변을 둘러봤다면~"

이라고 베개를 끌어안고 데굴거리게 되리라고는….

예전에 스포츠대회 때도 비슷한 말을 한 것 같지만, 플래그라 는 건 기본적으로 당사자는 잘 모른다니까… 아하하.

---

16 2ch발 개그입니다.

사실 사건은 그때 이미 시작됐던 거야.

거기에 대해서는 다음 장을 읽어 줘… 랄까?

괜찮으려나, 이렇게 끝맺고 다음 장으로 넘어가도….

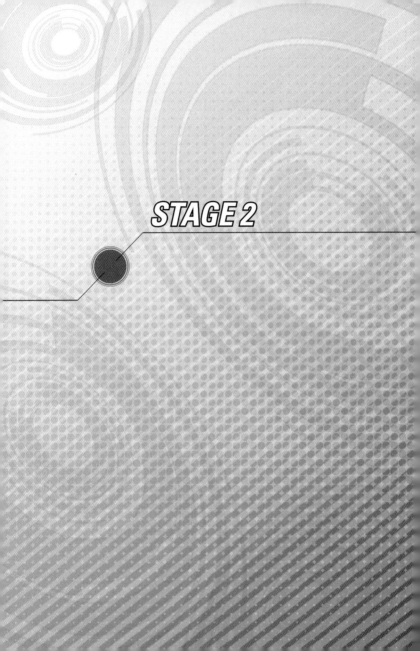

STAGE 2

1

불이 꺼진 어두운 방에서 그림자 네 개가 서로 마주 보고 있었다.

"이게 우리 이스투아르 기념학원의 모든 지도다. 물론 그쪽이 신경 쓰고 있는 구교사 일대의 자세한 지도도 포함돼 있지."

한 남자가 그렇게 말하며 손에 든 서류가방에서 갈색 봉투를 꺼냈다.

나이는 40 정도, 조금씩 흰머리가 섞이기 시작하는 머리카락을 올백으로 빗어넘긴, 언뜻 보면 중견 비즈니스맨처럼 보이지만 사실 그는 교육자였다.

'이스투아르 기념학원 학장 대행'. 그게 그에게 주어진 직무였다.

그리고 다른 한 명

"아쿠쿠쿠. '우리'라니 성급한데. 욕심이 많군, 임시 대행님."

임시 대행, 이라는 부분을 묘하게 강조해 말하고는 내민 봉투를 빼앗는 특이한 인상의 남자. 아니, 특이하다든지 아니라든지 하는 문제가 아니다. 학장 대행의 얼굴 앞에 내밀어진 거대한 얼굴은 아무리 봐도 인간으로는 보이지 않았다.

어떻게 설명을 해야 할까.

툭 튀어나온 눈알, 쫙 찢어진 입 사이로 보이는 긴 혀, 마치 거대화한 카멜레온 같다.

군이 설명하자면 수험생인데도 난이도 S로 유명한 게임의 공략을 너무 열심히 한 나머지 수험에 실패한 데다 게임도 클리어를 못한 서글픈 말로에 처한 인간이 이 세상의 모든 걸 저주해 괴물로 변화한 건 아닐까 생각하게 하는 그런 얼굴이다.

아무튼 그 수험생(이하 생략)··· 같은 얼굴을 맥주통처럼 살찐 몸에 올린 그 남자는, 봉투 안에서 두꺼운 손가락으로 무언가 집어내듯이 꺼냈다.

"오오, 이거로군. 확실히 받았어. 임시 대행님."

또 놀리듯 '임시 대행'에 힘을 줘 말하는 것을 학장 대행이 괴로운 표정으로 바라보고 있다.

그리고 거기에,

"거기, 뭐야 그 낯짝은? 겨우 사장님이랑 우리가 힘을 빌려주겠다는데. 불만 있으면 지금 바로 여기서 내가 너를 조각조각내 네 입장을 알게 해 줄까? 앙!?"

세 번째 인물.

나쁜 성격과 폭력성을 조금도 숨기려고 하지 않고 오히려 자랑하려는 듯 목소리를 높이면서 학장 대행의 얼굴을 노려보며 다가간다.

그 표정은··· 뭐라 설명하기 어렵다.

이마 부분에서 하늘로 뻗은 삼지창을 연상시키는 돌기가 솟아나온, 특이한 개성을 지닌 사람이었다.

그 인상을 더욱 이상하게 하는 것은, 그가 전신에서 뿜는 오오라였다.

말하자면 뭐랄까. 정성을 다해 작품을 만들기는 했지만, 시장에서는 전혀 평가받지 못하고 리뷰에서는 중상모략 레벨의 혹평을 받고 회사에서는 꼬리 자르기로 책임을 추궁당해 마음이 박살 난 나머지 세계의 모든 것에 분노를 터뜨리고 싶은 몰락한 게임 크리에이터가 발산하는 것 같은….

그 오오라와 흉악한 얼굴, 그리고 어딘가 병적일 정도로 깡마른 장신이 어슬렁어슬렁 불안한 듯이 움직이다가는 가끔 기괴한 소리를 내는 모습은 보통 사람에게 있어서는 공포 그 자체일 것이다.

그리고 학장 대행은 어디에나 있을 법한 보통의 인간이었다.

"사, 사장! 매직 사장! 이 두 사람을 어떻게 좀 해 줘! 내, 내 성의와 진심은 전해졌을 테니까. 그렇지?"

기묘한 모습의 거한과 흉악한 얼굴의 수척한 몸.

타입은 서로 다르지만, 중압감이 비슷하게 굉장한 남자 두 명에게 좌우로 둘러싸여 뺨에 차가운 땀방울을 흘리고 있는 학장 대행은 그 자리에 있는 마지막 인물에게 비명에 가까운 소리를 질러 도움을 청했다.

"… 트릭, 클라이언트를 놀리지 말라고, 대행님은 우리에게 있어서 대등한 비즈니스 파트너다. 이쪽과 저쪽의 차이를 이제는 분별하라고. 누구든 상관없이 싸움을 거는 버릇은 고치라고 했을 텐데."

낮은, 하지만 확실히 지금까지 이야기하던 세 명과는 다른 이질적인 목소리였다.

여자의 목소리, 그것도 젊은 여자의 목소리다.

또각, 하이힐이 바닥을 밟는 소리가 나고, 마치 아지랑이가 흔들리는 듯한 공기의 흐름처럼 나타나는 그림자.

마침 창에서 실내로 내려오는 달빛이 그 그림자−네 번째 인물의 얼굴을 어둠 속에서 떠오르게 했다.

겨우 사람다운 얼굴을 한 사람이 나타났다. 아니 그것만이 아니다.

미녀, 그것도 굉장한 미녀다.

사냥을 하는 육식동물과도 같은 황금색 눈동자와 검은색에 가까운 짙은 보라색 입술이라는 위험한 밸런스의 색이 빚어내는 어떤 종류의 이질적인 요염함이, 남자든 여자든 보는 사람의 시선을 빼앗고 잡아당길 것만 같았다.

머리 양 옆에서 허리를 지나 무릎 아래까지 내려오는 어두운 보라색 머리카락은 머리끝까지 아름다움을 유지하며 뻗어나간다.

그 모습은 황혼의 강가에 핀 피안화의 꽃술과도 같아서, 그녀의 온몸을 휘감고 있는 퇴폐적인 인상을 장식하는 것만 같았다.

매직 더 하드, 그녀의 이름이다.

몇 달 전부터 업계 내에서 일약 이름을 떨친 건설회사, '주식

회사 매직 컴퍼니'를 이끌고 있는 여장부.

그 아름다운 '사장'에게 충고를 들은 두 사람은,

"매직…. 아니 사장인가? 뭐든 좋지만 꽤나 말 좀 하는데, 어이."

토라진 아이처럼 독설을 내뿜는 흉악한 얼굴의 마른 남자―저지 더 하드와

"오오, 실례실례. 조금 장난을 친 것뿐이니까 그렇게 신경 쓰지 말라고. 아크크크… 크흠."

입안 가득히 거품을 튀기며, 실로 공포스럽고도 비열한 웃음소리를 내는 기묘한 모습의 거한―트릭 더 하드는 둘 다 이 매직 컴퍼니의 간부사원이다.

이런 녀석들이 간부로 활동하는 시점에서 회사가 무슨 수단으로 단기간에 업계 내에서 기반을 다졌는지 대강 알 수 있다.

동시에, 청렴하고 고결한 정신이 요구되는 이스투아르 기념학원의 교육자이면서도 이러한 의심스러운 일당들과 밤의 어둠에 섞여 밀담을 하는 학장 대행 또한….

"마제콘느 학장이 의식을 찾았다. 겨우 사람만 좋은 노인을 대행 자리에서 물러나게 하고 후임에 올랐는데, 학장 본인이 복귀하면 내 계획은 물거품. 너희가 제안한 계획도 모두 꽝이야."

매직의 조력을 받아 기세 좋게 말하는 학장 대행.

"그 학장 밑에서 아무리 열심히 해도, 네임드 캐릭터가 되지 못하는 자의 비애를 아냐고! 나는 여기에 모든 것을 걸고 있어.

진심이야, 사장! 알아줘."

하지만 그 기세도 곧 시들고 마지막에는 거의 기어들어가는 목소리였지만, 대답한 것은 매직이 아니라 트릭이었다.

"걱정하지 마, 걱정하지 마. 이 지도만 있으면 우리 회사가 경쟁사를 앞지르는 것 정도는 어린애 손을 훑는 정도로 쉽지, 한배에 탔다고 생각하고 맡겨 두라고."

"나는… 나는 확실한 걸 원해."

"뭐, 이 사업이 성공하면 대행님의 명성과 실적은 흔들리지 않을 거야. 차기 학장 자리도 노릴 수 있겠지. 맡겨 둬, 맡겨 두라고. 아쿠쿠쿠쿠."

"… 믿어주지. 그럼 나는 여기서 실례하지만, 그쪽도 빨리 가라고. 뇌물을 먹인 수위의 근무시간이 곧 끝나. 바로 다음 순찰이 온다고."

"대행님은 걱정이 많군. 뭐 그 마음을 모르는 건 아니지만. 충고한 대로 바로 나가도록 하지. 아쿠쿠쿠…"

결국, 트릭만 학장 대행과 이야기를 나누는 선에서 이번 밀회는 끝난 듯 했다.

사장인 매직에게 뭔가 언질을 받아 안심하려 했던 목적을 이루지 못한 채, 학장 대행이 어둠 속으로 사라지는 모습을 바라보곤,

"어리석군."

단 한마디, 그렇게만 내뱉은 매직이 발길을 돌린다.

"쳇, 귀찮아, 귀찮다고! 학원인지 뭔지 모르겠지만 전부 태워서 허허벌판으로 만들고 천천히 찾으면 되는 거 아냐? 그게 더 즐거울 것 같은데. 제길, 짜증난다니까."

"돈을 얻는 것도 중요한 목적이다. 뭐니뭐니 해도 돈은 필요하니까. 돈이 있으면 대부분의 일은 마음대로 할 수 있지. 그건 여기서나 저기서나 마찬가지야. 아쿠쿠쿠쿠쿠."

뒤의 두 부하가 제멋대로 하고 있는 이야기를 학장 대행은 모르겠지. 앞으로도 영원히.

밀담에 사용했던 빈 교실─손에 넣은 지도에는 구교사라고 적힌 장소의 어딘가일 것이다─을 나온 매직.

"돈에 빠져 진정한 목적을 잊지 말라고. 마제콘느님의 숙원은 우리가 이룬다. 그걸 위해서는 이쪽의 여신들을…"

차가운 달빛 아래로 발길을 옮기면서 입을 연 그때였다.

마치 기다리고 있던 것처럼 달려오는 그림자가 있었다.

"아, 사장! 지금 돌아오는 건가요."

소녀인 것 같았다. 자세히 보면 이스투아르 기념학원 여학생 교복을 입고 있다.

"이야기한 대로 적당히 한 벌 훔쳐 입어 봤는데… 왜 저한테 이런 모습을?"

조금도 기죽지 않고 자기가 입고 있는 교복을 '훔쳤'고 말하는 소녀를 매직은 흘끔 바라보고는,

"너에게 특별한 일을 주지. 잘 해내면 정사원으로 채용해 주

겠어. 시궁창 냄새가 나는 슬럼가로 돌아가고 싶지 않으면 제대로 해내라고."

살짝, 웃음이라 할 수 있는 걸 입술에 내보이며 소녀의 어깨에 손을 얹고 말했다.

"내일부터 너는 이 학교의 학생이다. 알겠지."

‖

교회가 있는 숲으로 이어지는 길 위를 소파와 테이블과 책장이 사이좋게 늘어서서 하늘을 날고 있다.

여기까지 이야기를 들으면 '뭐야 그거? 심령현상?' 이라고 생각할 것 같으니, 여기서 무슨 일인지 정답을 이야기하자면,

"엿차…. 후우, 제길, 역시나 세 개는 좀 심했나."

위에서 들려오는 블랑의 목소리가 정답입니다.

이제 알 거라고 생각하지만 변신해서 힘이 세진 블랑이 전부든 채 날고 있어서 그래. 오른손 하나로 테이블의 다리를 잡고, 왼손에는 책장 윗쪽을, 소파는 등에 지는 엄청 거친 기술!

나는 그걸 올려다본 뒤, 아이짱이 어디선가 가져온 핸드마이크를 하늘로 향하고

"자자, 그게 마지막이야! 열심히 하자!"

라고 우정이 가득 넘치는 따뜻~한 응원을 보내준다.

하지만 그런 나에게 블랑은

"멍하니 바라볼 여유가 있으면 너도 변신해서 도와주라고! 이쪽은 선배란 말이다!"

라고 여유 없는 소리를 해온다, 뭐야 정말.

"뒤끝 없게 가위바위보로 했잖아. 불평하지 말라고."

"너 나중에 냈지?"

"뒤끝 있네."

"제길, 알았어! 벌칙게임은 운반하는 것까지야! 가구를 정리할 때는 또 가위바위보로 할 거야. 기억하라고! 절대로 이긴다!"

위험한 대사를 남기고 블랑은 날아가 버렸다.

날아간 방향에는 울창하게 우거진 녹색 숲, 숲 안에 있는 건물론 그 교회다.

나는 그 숲을 빤히 바라보고는,

"음, 그럼 정리는 모두 같이 하자."

마이크에 대고 말했다. 하지만 아무래도 들리지 않은 모양이다.

어쨌거나 쫓아가려고 숲 속으로 들어가 한동안 걸어가자, 언제나처럼 시야가 트이면서 낡은 교회 건물이 보인다.

후후후후, 하지만 안은 이제까지의 교회와는 전혀 다르게 변했다고.

"나 왔어, 블랑. 수고했어!"

내가 기세좋게 문을 열고 교회로 들어가자,

"어서 와요, 네푸네푸. 블랑은 저기서 쉬고 있어요."

머리엔 세모지게 접은 수건, 몸에는 핑크색 앞치마, 다리엔 움직이기 쉬운 샌들이라는 풀 셋트를 갖춘 컴파가 날 맞이했다.

그건 그렇고, 이 빈틈없는 청소용 장비들. 틀림없이 '청소+2'와 '먼지내성+20' 정도는 발동할 것 같다.

손에 든 무기인 충전식 사이클론 청소기의 슬롯에 구슬을 하나 박으면 '청소+3'도 가능할 정도로.

컴파가 말한 것처럼, 변신을 푼 블랑이 아까까지 등에 메고 있던 소파에 늘어져 있었다.

나는 블랑을 위해 준비한 비닐봉지에서 스페셜 영양 드링크 네프비탄[17]을 꺼내

"여기, 내가 쏘는 거야."

"… 고마워, 하지만 가위바위보는 봐주지 않을 거야."

"그만 좀 집착해."

재빨리 드링크 뚜껑을 여는 블랑에게 여러 가지 의미를 담아 미소를 짓고 나서, 나는 다시 교회를 둘러보았다.

응, 좋아!

돌아올 때 알아챘지만, 굉장히 깨끗해졌네.

청소 스킬을 열심히 발동하고 있는 컴파 덕에 나무 바닥은 왁스칠로 반짝반짝 반질반질 빛나 얼굴이 비칠 정도다.

---

17 일본에는 리보비탄, 한국에는 박○스.

그 바닥 위에 폭신폭신 커다란 러그를 깔아 신발을 벗고 뛰어들면 그대로 뒹굴뒹굴 OK!

전부터 있었던 장의자는 제대로 구석에 모아 정리하고 하얀 시트를 덮어 놓았다. 덕분에 생긴 넓은 공간에는 블랑이 쉬고 있는 소파를 시작으로, 테이블과 신문꽂이가 놓여 있었다.

가구나 인테리어를 어디에서 가져왔느냐면… 눈치 빠른 사람이라면 바로 알 거야. 그래, 정답. 예전에 벨의 방에 있던 걸 그대로 교회 1층에 옮겼어.

이 '통째로 대이동 작전'을 고안한 천재 군사는 바로 저, 넵튠입니다! (어때?)

이건 지금부터 사흘 전….

"내가 생각한 건, 그 교회를 우리들 전용 방이라고 해야 할까…. 비밀 기지로 개조하면 어떨까? 라는 거야."

사흘 전 밤, 이렇다 할 성과 없이 교회를 뒤로 하고 돌아가는 길에 내가 이 작전을 발표하자 처음에는 다들 별 느낌이 없는 것 같았다.

여기서 물러나면 아무 의미도 없지. 나는 끈질긴 설득 공작을 결행.

비밀 기지를 만드는 즐거움과 그게 얼마나 소중한지를 뜨겁게 뜨겁게뜨겁게 이야기했다.

"… 비밀 기지라고 하는 건 좀 낡았나? 아지트… 는 아니고, 그렇지, 요즘 풍으로 말하면 '네스트'나 '크레이들'인가?"

이러한 설득에 처음으로 반응한 건 아이짱이었다. 이거다! 라고 생각해서 처음에는 아이짱을 노리고 집중포화.

"네스트… 크레이들…."

"그래, 아이짱. 지하에 거대한 수수께끼와 비밀을 안고 있는 장소에 여신 후보와 그 동료가 모이는 기지를 건설! 재미있겠지? 멋지지? 그러니까 도와줘. 부탁이야부탁이야부탁이야!"

"그렇게 다가오지 않아도 되잖아. 뭐, 뭐어… 나도 그런 건 싫어하지 않고…."

오오 호감도 업! 이러면 설득 커맨드를 쓸 수 있겠는데![18] 그렇게 확신한 나는 한번에 행동을 개시한다.

우선은 누가 뭐라고 해도 진지한 우등생인 느와르와 뭐든지 쿨하게 생각하는 아이짱이 승락해 주는 게 중요하겠지. 이건 지금 생각한 거지만.

"여신들의 둥지… 비너스·네스트…. 줄이면 V-NEST![19] 물론 NEST는 각각 의미가 있는 단어의 머릿글자를 늘어놓은 것으로…."

"크, 크레이들이 내 취향인데. 그러니까 일반론적인 관점에서!"

알았어, 알았다고. 일반론이건 뭐건.

나는 아이짱의 어깨에 손을 두르고 귓가에 속삭였다.

---

18 여신전생 시리즈의 악마 설득 시스템. 우선은 픽시부터 시작합니다.
19 특정 게임이라기보다는, 일본식 RPG 게임의 겉멋 든 영어 네이밍을 비꼬는 뉘앙스죠.

기숙사 책장에 꽂혀 있는 아이짱의 장서 내용을 생각하면서 좋아할 만한 단어를 늘어놓아 보았다. 그게 딱 맞았던 것인지,

"협력… 해 줄 거지?"

"그렇게 바짝 붙지 말라고. 알았어, 알았어. 어쩔 수가 없네."

성공! 아이짱 너무 좋아! 그럼 다음은….

"잠깐, 아이에프. 너무 쉽게 넘어간 거 아니야?"

의외로 간단하게 승낙한 아이짱을 보고 불만인 듯 입을 삐죽 내미는 느와르를 설득 개시!

"그렇게 멋대로 하면 곤란하지."

우등생답게 진지한 목소리로 말하는 느와르의 손을 잡고, 글썽거리는 눈으로 호소해 본다.

"그러지 마. 아이짱도 좋다고 했잖아…. 괜찮지? 응―응―으응―."

이름하여 천재 군사 네푸네푸의 '버림받은 강아지가 눈으로 호소하는 작전'!

"그, 그런 눈으로 바라보면…."

"재봉틀도 놔둘 수 있다고. 롤 단위로 사 놓은 천도 완성된 의상도 놔둘 수 있어."

"뭣이라!? … 어, 어떻게 넵튠이 그걸."

"지난번 느와르의 방에 갔을 때 옷장을 봤어…. 아, 보고 싶어서 본 건 아냐. 옷장 문 사이로 옷이 삐져나와서 닫아 주려고 하다가…."

"어, 어떤 이유라도 남의 방 옷장을 멋대로 열어보면 안 되지! 어디의 용자님이 아니잖아!"[20]

"뭐어, 지금은 그런 세세한 일은 말하지 말자고. 응, 좋지좋지. 같이 하자. 코스프레 의상 만드는 거 도와줄게."

"아~ 정말이지! 남의 방을 멋대로 어지럽히는 것보다는 낫겠지. 그리고 마침 만들어 놨던 의상을 놔둘 데가 없어서 곤란했는데…"

거기까지 말하고 느와르는 앗 하고 무언가 눈치 챈 것처럼 고개를 들더니, 흐르는 듯한 동작으로 눈을 치켜뜨고는

"아, 그래! 그렇지! 내가 곤란한 것뿐이라고! 넵튠에게 설득당한 게 아니라 나를, 자신을 위해서 어쩔 수 없이 협력하는 거라고! 착각하지 마!"

… 으아아, 아무리 새침부끄라고 해도 이건 너무 어거지 아니야?

하지만 뭐, 좋았어! OK라고 했으니 됐어!

이렇게 해서, 이 사흘 동안 우리는 수업이 끝나면 곧장 교회로 모여 일층을 청소하고 비밀 기지를 꾸미는 작업에 몰두했던 것입니다.

그리고 오늘, 청소장관 컴파의 손에 청소가 끝나고 커다란 가

---

20 드래곤 퀘스트. 빈집털이 주인공의 개념을 확립한 기념비적인 작품.

구 운반도 완료!

　정식으로 이곳은 낡은 교회에서 우리들 전용 비밀 기지로 바뀐 것입니다!

　"와아, 다들 수고했어! 먼저 비밀 기지 완성 기념 건배를 들자고!"

　모두가 생각한 대로 작업도 잘 끝나고, 모두 모여 마시는 주스는 맛있었어.

　다음날부터는 다들 비밀 기지에서 제각각 방과 후를 보내는 게 당연한 것처럼 되었지.

　느와르는 가져온 페달식 재봉틀(낡았어!)로 콧노래를 부르며 코스프레 의상을 만들고, 옆에서는 컴파도 같이 수예에 도전했어. 붕대를 감는 것도 서투른 컴파라 어떻게 될지 걱정이었는데 느와르의 지도가 좋았던 건지 조금씩 귀여운 인형도 만드는 게 즐거워 보인다.

　블랑은 여전히 소설을 쓰거나 독서를 하고 있고, "지금은 거의 둔기 아냐?"라고 딴죽을 걸고 싶을 정도로 굉장한 두께가 세일즈 포인트(?)인 라이트 노벨 시리즈[21]를 가져와 매일 조금씩 읽고 있어.

　아이짱은 비밀 기지의 로고 디자인과 간판 만들기에 열중해

21　경○선○의 ○라… 이 이상은 곤란합니다:

있고, 지금은 지하로 이어지는 계단 앞에 굉장히 멋진 걸 장식하겠다고 애쓰고 있어.

벨은 어디선가 태양전지 시스템을 조달해 와서 여기서도 마음껏 게임을 즐길 수 있는 환경을 만들었어.

나는 전기가 통하지 않는 것도 캠프 같아서 재미있으리라고 생각했지만, 벨의 성격으로는 참지 못하는 것 같아. 지금은 가져온 게임 굿즈를 정리하는 것만으로도 힘들어 보이지만, 대형 텔레비전을 가져올 날도 머지않은 것 같아.

물론 나도 재미있게 지내고 있어.

지금까지 벨의 방에서 모였을 때에는 어느 정도는 예의바르게 있으려고 했지만, 여기서는 아무도 신경 쓸 필요가 없어서 좋아.

답답한 교복은 집어던지고 좋아하는 과자를 먹으면서 데굴데굴 게임. 이건 정말로 행복지수가 높은데요. 심판장님.

하지만 알아줬으면 해, 단순히 뒹굴거리고 싶어서 이 기지를 만든 건 아니야. 또 하나 중요한 이유가 있어.

그건 여기서 우리가 즐겁게 지내고 있으면 '뭐지?' 라고 생각해서 다시 잇승이 나타날지도 모른다는 거.

또 다른 나. 퍼플하트라도 대환영이야.

무슨 게임인지 애니메이션인가에 이런 이야기가 있는 거 알고 있어? 여신을 다시 밖으로 나오게 하려고 여신이 숨어 있던 장

スーパーFXチップス

주) 게임통

ゲム通

주) 슈퍼 FX칩

Sticky

소 앞에서 매일같이 소란을 피웠다고…[22]

잇승은 그렇다고 쳐도 퍼플하트는 나와 같은 존재잖아? 나라면 매일 이렇게 즐거워 보인다면 참을 수 없을 거야. 퍼플하트도 비슷하지 않을까?

그런 걸 생각해서, 우리는 기숙사에서 가져온 그 검을 교회의 제단에 해당하는 곳에 장식하기로 했다.

이 검을 통해서 우리를 보고 있으면 좋겠다고 생각하면서.

어느 날 눈치채 보니, 아이짱이 쇠사슬이 달린 묘하게 위엄 있는 받침대와 케이스를 만들어다가,

"봉인의 검… 우훗."

이라고 말하면서 혼자서 히죽히죽 웃는 걸 봤지만, 소중하게 여기는 게 좋아서 가만히 있기로 했어. 지금 말해버렸지만.

그러니까 무슨 말을 하고 싶냐 하면, 이렇게 즐겁게 데굴데굴 느긋하게 지내고 있는 것도 원대한 계획의 하나라는 것!

절대로, 절대로 데굴거리고 싶어서 데굴거리는 게 아니라는 걸 알아줬으면 좋겠어(박진감 넘치게).

이것도 모두 '마제콘느 선생이 무언가에 썬 사건'의 진상과 퍼플하트의 검이 아직 내 곁에 있는 이유를 물어보기 위해서야.

어쩔 수 없지이~ 나도 바쁘고, 숙제도 해야 하지만 어쩔 수 없어.

---

22 아마테라스의 동굴 은둔 신화죠. 누군가 춤을 췄더라면 잇승이 나왔을지도 모르는데;

오늘은 이 신작 시리즈 게임의 재미에 퍼플하트가 어디까지 참을 수 있나 시험해봐야겠는데.

그럼 실험 개시. 노래는 '파돌리기송'[23]입니다.

III

"다들 왜 그렇게 느긋한 거야, 큰일 났어!"

비밀 기지가 완성된 지 일주일 뒤.

오늘도 잇승&퍼플하트 유혹 작전을 위해 어쩔 수 없이 뒹굴거리고 있던 그때였다.

당황한 모습의 아이짱이 기지로 들어왔다.

"자, 잠깐! 지금 어려운 부분을 꿰매고 있으니까. 놀라게 하지 마."

"느긋하게 코스프레 의상을 만들고 있을 때가 아니라고. 느와르, 메일 보낸 거 안 읽었어?"

아이짱의 기세는 수그러들 기미가 없었다.

"어찌됐건 진정하세요, 아이짱. 차가운 차예요."

컴파가 매일 물통에 넣어가지고 다니는 차를 내밀자 빼앗듯 받아 한번에 마신다. 어지간히 급하게 달려온 것 같다.

---

23 예반 폴카. 니코니코 동화를 키운 주역 중 하나.

뭔가 보통 일이 아닌 것 같아서 나도 하던 게임을 멈추고 귀를 기울인다.

슬쩍 옆을 바라보니 정면의 소파에서 독서에 빠져 있던 블랑도 책을 덮고 아이짱을 바라보고 있다.

"진정됐나요? 그럼 천천히 심호흡하고 이야기하세요."

아이짱이 기세 좋게 한번에 마셔서 입술 옆으로 흘러내리는 차를 슥슥 손으로 문지르며 이야기한다.

"지금, 본교사 로비에서 벨과 만나 여기로 오다가 로비의 전광판에 학장 대행의 이름으로 공지가 떴어. 그걸 본 학생들이 웅성거리더라고. 결국, 벨이 모두를 달래주고 있지만 큰일이야…. 그런데 아무도 메일을 안 봤다니 신종 왕따인 거야?"

학장 대행이라면 … 학원제 이후에 나에게 상장을 준 할아버지?

희미하게 기억이 나 블랑에게 물어보자

"그분은 두 주 전쯤에 그만뒀어. 지금은 좀 더 젊은 사람이 하고 있어."

블랑은 붕붕 고개를 저으며 말했다.

"그것보다, 그 공지라는 게…."

그러자 아이짱이 말을 되받았다.

"그러니까 메일 보낸 거 보라니까."

"여기는 전파상태가 좀 나쁜 게 문제라니까."

"아아~ 진짜. 짜증나네. 어쨌건 전원 일어나! 구보준비!"

"진짜 왜 그러는 거야, 아이짱. 갑자기 귀신 중사처럼 말하기는, 구보라니…."

"말하려면 처음이랑 마지막에 써를 붙이라고!"[24]

써… 써? 탁구에서 점수를 따면 포효하는 것처럼?

어, 어쨌거나 말하는 대로 얌전히 아이짱의 말을 들어주는 게 좋을 것 같다.

아이짱의 흥분도는 여느 때보다도 맥시멈이라 거스르다가는 어떻게 될지 알 수 없는 박력이 있었다.

느와르도 컴파도 그걸 알아챘는지 얼굴을 마주보더니 바로 일어났다. 정말로 동시에 서로를 바라보며 일어선다.

"이… 이러면 돼?"

"좋았어, 그럼 따라와!"

써! 를 붙이겠습니다, 써!

아이짱의 기백에 눌린 우리는 양손을 척하니 허리에 붙인 채로 구령에 맞춰 한 치도 흔들리지 않고 구보를 시작했다. 하나둘, 하나둘.

♪네푸네푸워즈가 나오겠는걸.

♪그 게임, 끝내주는 시뮬레이션.(※안나와요)

---

24 풀 메탈 재킷. 로널드 리 어메이의 열연이 인상적입니다. 일본에선 '귀신 중사' 라 부릅니다.

덕분에 터벅터벅 걷는 것보다는 빨리 본교사 로비에 도착했다.

아이짱이 말한 것처럼 로비에는 대충 봐도 백여명은 되는 학생들이 모여 있는 게, 열기가 장난이 아니다.

그런데 벨은 어디 있지?

"잠깐만, 잠깐만."

모여 있는 학생들 사이를 헤치며 나는 인파 앞으로 가보기로 했다.

목표는 로비 한가운데에 놓여 있어 보통은 학교 행사 일정이나 학생회의 알림말을 전달하는 전광판.

지금 그 전광판은 사람이 너무 많아서 겨우 보일까 말까 한 상태다. 아이짱이 봤을 때는 어땠는지는 모르겠지만, 아무리 봐도 아이짱이 직접 내용을 말해주는 게 빠를 것 같은데….

속으로 투덜거리며 겨우겨우 인파 앞으로 얼굴을 내민다.

그렇게 겨우 전광판을 올려다본 내 눈에 들어온 건 다음과 같은 문장이었다.

알   림

이번 학기 말에 노령화된 구교사동을 철거하려 합니다.

또한, 구교사동과 교직원동 옆에 있는 숲도 벌채하여 구교사 땅과 합쳐 부지를 정비한 후, 학원 창립 기념 강당을 새롭게 건설할 예정입니다.

이 결정에 따라 구교사 내의 교실에서 활동하고 있는 학원 비공인 동호회·탐구회·서클활동에 대해서는 구교사 내의 활동을 전면적으로 금지합니다.

해당하는 동호회·탐구회·서클은 빨리 철거 준비를 하십시오.

또한, 대체할 서클룸이 한정되어 있기 때문에 활동 그 자체에 대해서도 일정 이상의 인원수에 미달하고 고문 교사도 없는 곳, 또는 학원에서 적당하지 않다고 판단하는 곳은 원칙적으로 폐지합니다.

자세한 내용은 내일 전교 조회에서 다시 알리고 각 반 담임들도 설명할 예정이니, 질문은 담임을 통해 해 주십시오.

이상입니다.

이스투아르 기념학원 학장 대행

"처, 철거!?"

긴 문장을 읽는 건 힘든 나였지만 이건 열심히 읽었어.

게다가, 나도 모르게 큰 소리를 질러 버렸다.

"아, 네푸네푸! 다들! 와 주셨군요."

쩌렁쩌렁 울리는 내 목소리를 알아들은 벨이 인파에 묻힌 나를 찾아내 말을 걸었다.

"미안해요. 다들, 길을 비켜 주시겠어요?"

벨이 모여 있는 학생들에게 말을 걸었다. 나도,

"미안, 잠깐만 비켜줘!"

거칠게 인파속을 헤쳐 나가, 게시판 옆에 서 있는 모두에게 말을 거는 벨에게 다가간다.

그 뒤를 이어 느와르, 블랑, 컴파도 주변에 말을 걸거나 고개를 숙이면서 앞으로 나아간다.

"하아, 힘들었어."

"머리가 어지럽네요~ 후우…."

여하튼 겨우겨우 인파를 빠져나온 우리, 한숨 놓고 벨을 보자 불쌍해질 정도로 곤란한 얼굴을 하고 있다.

"무슨 일이야?"

"그게…."

우리가 물어보자, 벨은 우리에게서 시선을 돌려 모여 있는 학생들을 향했다. 우리도 그에 이끌려 그쪽을 본다.

그리고 알게 됐다.

백여 명 정도 모여 있는 아이들의, 우리에게 무언가를 기대하는 뜨거운 시선을.

"여기에 모여 있는 아이들은 모두 문제의 구교사를 사용해 서클 활동을 하는 아이들이에요."

곤란하다는 얼굴로 이야기하는 벨.

"그, 그건…."

그러니까 어쩌라는 거지, 라고 생각하려니 몇 명인가와 눈을 마주쳐 고개를 숙여 버렸다.

그러자 한층 더 크게 웅성거리는 걸 알 수 있었다.

"저기… 역시 저 아이들밖에는…."

"그렇지…. 벨 선배뿐만이 아니라 넵튠 일행이 협력한다면…."

남학생도 여학생도 섞인 인파에서 그런 이야기들이 들려온다.

뭐야뭐야? 소근소근 뒷담을 하는 건 좋지 않다고! 우리한테 말하고 싶은 게 있으면 확실히!

그렇게 내가 말하려고 했을 때, 한 여자아이가 한걸음 앞으로 다가왔다.

처음에는 망설이는 것처럼 시선을 돌리더니, 잠시 후 마음을 굳힌 듯 똑바로 나를 보고 말했다.

"여신 후보과의 넵튠 선배죠? … 부탁드려요. 우리를 도와주세요!"

"도, 도와줘? 내가? 너를? 근데 넌 누구야?"

"저는 구교사에서 활동하고 있는 '전차로 주사위를 굴려 나온 수만큼 역의 정보를 조사하는 모임'[25]의 일원이에요. 중등부 3학년이에요!"

저… 전차로 주사…? 응? 나온 수만큼? 뭐라고요?

어디서부터 딴죽을 걸어야 하지? 이건 설마 딴죽 걸면 안 되는 건가?

너무나 갑작스러운 일이라 당황하고 있으려니 여자아이의 용기 있는(?) 호소를 시작으로 계속해서 나타나는 사람, 사람, 사람!

"실례함다! 저는 고등부 2학년! '일요일의 국민적인 가위바위보대회·밤의 부활동. 우승을 목표로 하는 모임'임다! 꼭 저희의 문화적인 활동을 지키기 위해 힘을 빌려 주십쇼!"

그런 대회 몰라! 밤의 부활동이 있다는 건, 아침 부활동도 있다는 거야?

"즈이들은 '새로운 사투리 연구회'지라. 즈이가 허는 걸 들어 보믄 좋겠구먼유."

들어도 잘 모르겠어! 뭔가 짜증난다!

"저희 '손가락으로 스케이트 보드 모임'의 이야기도 들어 주세요!"

아, 이건 무슨 활동인지 알 것 같지만… 수수해! 너무 수수해!

"'핸드건 권법 동호회'[26]다. 알겠나, 이 무술을 마스터하면 기

---

25 허드슨의 우정 파괴 보드게임 모모타로 철도.
26 이퀄리브리엄. 단언컨대, 건 카타는 가장 완벽한 무술입니다.

초적인 움직임만으로도 공격력이 120%상승하고…"

"'강철로 무장하는 연금술 동호회'[27]다 너도 등가교환으로 근원을…"

"'닛코리동화 생방송부'[28]다 잘부탁함시롱…"

아아, 정말! 딴죽 걸기도 벅차!

"넵튠씨, 그리고 다들. '전산 동호회'입니다. 신세를 지고 있습니다."

너도냐~ 너도!

… 응? 전산 동호회… 라고?

"음, 알았어! 네가 대표로 다 설명해! 대표는 너다!"

나는 전산 동호회 A군(미안, 이름을 몰라서)의 어깨를 두들기며 로비 안에 울리도록 온 힘을 다해 큰소리로 외쳤다.

한 시간 뒤, 우리는 광란의 본교사 로비를 나와 구교사에 있는 전산 동호회의 부실에 있었다.

"변변치 못하지만…"

그렇게 말하면서 A군은 정중하게 차를 내온다.

이야기를 들어보니 A군이 이 동호회의 부회장인 듯, 이제부터는 부회장으로 부르기로 했다.

부회장이 힘없이 말해준 걸 정리하면.

---

27 강철의 연금술사+무장연금.
28 니코니코 동화.

"우리가 구교사 철거 반대 운동의 대표가 돼 줬으면 한다… 는 거지?"

"맞아요. 이 구교사에 있는 동호회나 연구회는 하나하나 굉장히 작거든요. 우리는 그 중에서는 규모가 큰 편이지만 10명도 안 됩니다. 몇 년간 혼자서 활동하는 동호회도 있고…"

혼자서… 그건 이미 모임이라고 할 수 없는 레벨인 것 같은데.

천천히 이야기를 들어보니 그런 모임이 있어도 어쩔 수 없다고는 생각해. 로비에서 나에게 다가온 아이들의 마이너함을 생각하면… 그렇지?

"그래도 모두 좋아하는 걸 열심히 하고 있어요. 그런 소중한 활동의 장을 일방적으로 **빼앗기는** 건 이해할 수 없어요."

부회장군은 분하다는 듯 어깨를 부들부들 떨었다.

"그래서 학원제 사건으로 유명인이 된 우리를 대표로 세워서 반대 운동을 일으키자는 거지?"

그걸 보고 있던 벨이, 가볍게 한숨을 쉬며 물어보자,

"학원제 전부터 여러분들은 유명했어요. … 그, 그 여신 후보과 중에서도 미인이고, 귀엽고…"

부회장군은 살짝 **뺨**을 붉히며 눈길을 피했다.

부회장군의 뒤에서 가만히 지켜보고 있던 다른 부원들도 기합이 들어간 **끄덕임**으로 부회장을 응원한다.

"확실히, 너무 일방적이네."

"철거도 문제지만, 회원이 적으니 폐지하라는 것도 너무하네."

라고 미인이라고 칭찬받은 건 슬쩍 넘어가고(적어도 겉으로는), 블랑과 느와르가 말했다.

"맞아요. 게다가 활동 내용을 학원 측이 일방적으로 심사한다는 것도 이해가 되지 않아요. 동호회를 없애겠다는 구실로밖에 느껴지지 않고요."

진지한 얼굴로 돌아온 부회장군이 주먹을 꼭 쥔다.

다른 부원들도 마음은 하나인 듯, 모두 풀이 죽어 있다.

"도와주자."

어쩐지 가만히 있을 수 없어, 나는 옆에 있는 아이짱의 소매를 붙잡았다.

"다들 학원제에서 보여준 활약은 굉장했어요. 그런 분들이 반대 의견을 표명해 준다면, 다른 학생들도 주목해 줄 거예요. 부탁합니다!"

"그렇구나. 너희가 갑자기 여신 후보과에 시뮬레이터를 팔러 온 것도, 너희에 대한 탄압이 심해질 것 같아서 선수를 친 거야?"

알았어. 라는 듯 소매를 쥐고 있는 내 손을 톡톡 치며 아이짱은 언제나처럼 냉정한 목소리로 말한다.

"맞아요. 확실히 우리는 학원 비공인 클럽이지만, 활동 내용에 의미가 있다는 걸 알리고 싶어서… 그 시뮬레이터는 선생들에게도 평가가 좋아서 안심하고 있었는데 이런 일이…"

"하우우, 불쌍해요, 다들 이렇게 열심히 했는데, 우리도 협력할 수 있는 부분이 있다면 협력해 줘요."

다정한 컴파는 풀이 죽은 부회장군을 가만 볼 수 없었나 보다.

"그렇네…. 우리에게도 남의 일이 아냐. 다들 봤지? 게시판에는 숲을 벌목한다는 내용도 포함돼 있었어. 그러면 크레이들로 사용하던 교회도 그냥 넘어가지 않는다고. 저편과의 유일한 접점이 사라지게 되면, 앞으로의 조사에도 영향이 있을 거고."

"저기… 교회라든지, 크레이들이라든지, 접점이란 게 뭔가요?"

"이건 이쪽 이야기야. 너는 신경 쓰지 않아도 돼."

부회장군의 질문을 깔끔하게 셧다운한 아이짱이 '네프코는 어떻게 할 거야?' 라는 듯 나를 바라봤다.

아이짱의 의견은 둔한 나도 1초 만에 이해할 수 있는 레벨이었다.

하지만 그 무엇보다도….

"재미있겠네. 교사의 횡포에 학생들이 일치단결하여 싸운다! 이거 학원물의 왕도잖아! … 알았어! 불초 넵튠, 구교사 철거 반대 운동에 힘을 빌려주겠소!"

척 하고 '예이!' 포즈! 반짝 이빨을 빛내며 나는 선언했다.

IV

… 뭐어, 언제나처럼 분위기에 휩쓸려 수락한 뒤에 말하는 것도 그렇지만, 과연 동호회 한곳의 말을 듣고 결정하는 것도 문제가 있어서 전산 동호회의 부실을 나온 뒤 천천히 구교사 전체를 돌며 이야기를 들어보기로 했다.

그렇게 해서 알게 된 건 이 구교사에 있는 동호회나 클럽 수는 내가 상상한 걸 훨씬 뛰어넘었다는 것.

그것도 척 보면 비슷한 클럽이 세세하게 분류돼 있으니 굉장히 복잡하다.

예를 들자면, 아까 로비에 있었던 '강철로 무장하는 연금술 클럽'은 이름에서도 알 수 있듯이 무투파 계열로 연금술의 오의를 전투에 응용해 몬스터를 퇴치하자는 클럽.

그것과는 별도로 편리한 아이템을 만드는 데 연금술을 활용하고, 완성된 아이템을 팔아 돈을 벌어보겠다는 상업 계열 동호회[29]도 있어. 이게 또 상혼이 굉장하다면 굉장하달까.

회장이라는 여자아이는 반대 운동을 핑계 삼아 마법 플래카드나 머리띠를 팔 생각이 가득해서 우리에게도 사라고 해서 힘들었다고.

처음엔 열 몇 남짓을 세다가 귀찮아서 정확히 얼마나 있는지는 모르겠지만, 적어도 50곳 이상은 이야기를 들었던 것 같다. 그래도 그날은 5층 건물인 구교사 중 세 층밖에 돌지 못했으니,

---

29 ○○의 아틀리에. 캐릭터 원화가의 센스가 대단합니다.

동아리가 전부 몇 개나 있을지 생각하면 정신이 아득해진다.

동아리 하나하나의 사람 수는 적지만, 이렇게나 모이면 여럿이 로비에 밀어닥칠 정도는 되는구나.

"어, 어쨌거나… 모든 클럽이 우리의 지명도를 기대하고 있다는 건 알겠어. 남은 동호회는 나중에 이야기를 듣기로 하고, 일단 돌아갈까?"

덕분에 구교사를 나온 무렵에는 느와르의 트윈테일이 축 늘어져 시든 것처럼 보일 정도였으니까.

이 아이는 진지하다보니 이럴 때에는 제일 피곤해진다니까. 수고했어.

"하지만 느긋하게 있을 수 없겠는데."

"발표가 방과 후라 저 정도로 끝났지만, 내일이면 전교생이 알게 될 거에요. 학원 측도 뭔가 수를 써 올 테고."

"싸움은 무릇… 선수필승…."

"싸, 싸우는 게 아니잖아요. 반대 운동이라고 해도 선생들과 제대로 이야기를 나누는 장을 마련하기 위한 운동이죠."

아, 진지한 아이가 또 하나 있었지. … 농담할 때가 아니다.

"작전 회의… 를 해야 할 때인가."

나는 말했다.

"회의라고 해도, 이제 곧 기숙사 통금이라고. 이야기를 듣는데 시간이 걸렸으니. 어떻게 할래?"

라고 아이짱이 말했다.

나는 머리의 컨트롤러 장식을 만지작거리면서 어딘가의 꼬맹이[30]처럼 생각하는 포즈를 취했다.

네푸네푸칭 하며 생각하자니 정말로 팍! 하고 떠오르는 아이디어가,

"저기···. 아주 조금만 나쁜 일 해보지 않·을·래?"

"나쁜 일··· 해버렸네요."

기숙사에서 가져온 애용하던 베개에 반쯤 얼굴을 묻은 컴파가 주저하며 말했다. 아니, 조금은 울 것처럼 보인다.

"컴파한테는 벽이 높았던 거 아냐?"

완전히 비에 젖은 강아지 같은 눈이 된 컴파를 걱정한 듯, 아이짱이 내 옆구릴 쿡쿡 찔렀다.

"괘, 괜찮아. 컴파, 누가 화내면 나도 같이 야단맞을게."

"역시··· 야단맞을 짓이네요···."

컴파는 얼굴 전체를 베개에 묻고 우물우물 울먹이는 목소리로 이야기한다.

이건 조금··· 아니, 완전히 실패했네.

"네푸네푸, 위로가 안 되잖아요."

"아무 생각 없이 말한다는 증거라니까."

"··· 남을 울려도 되는 건 울 각오가 돼 있는 사람뿐이지."

---

30 내 이름은 코난! 탐정이죠!

네네 세 여신(후보)님이 말하는 대로에요.

말하는 대로지만, 나를 비난하는 것치고는 즐거운 듯 이 자리에 있는 건 왜인가요?

나는 이 자리 −아이짱만 완고하게 크레이들이라 부르는 비밀 기지−에 모인 아이들을 둘러보았다.

"남의 일처럼 말하지만, 여기에 있다는 건 다들 공동운명체인 거야. 나 혼자 나쁜 사람으로 만들면 저주할 테다."

손을 귀신처럼 들고 내가 말하자, 여신 후보님들은 전원 휙휙 눈을 피하기나 하고… 저기, 정말 좀 봐달라니까.

어쨌거나 정신 차리고.

지금 시각은 오후 9시, 기숙사 통금은 진작 지났고, 기숙사생들은 모두 얌전하게 자기 방에서 숙제하거나 텔레비전을 보고 있을 시간이다.

그런 시간에 이런 데에서 모두 얼굴을 마주하고 있다는 건… 컴파의 모습을 보면 알 수 있으리라 생각해.

우리는 저녁밥을 먹은 뒤 평소라면 한 시간 정도 느긋하게 했을 목욕을 재빨리 끝내고 나서 파자마를 들고 슬그머니 기숙사를 빠져나왔다.

순찰하는 경비원들에게 들키지 않도록 슬금슬금 움직여 비밀 기지에 모여 무엇을 하냐면, 당연히 내일부터 대대적으로 펼칠 예정인 구교사 철거 반대 운동의 작전 회의였다.

"어쨌거나, 그런 회중전등 하나로 꼬물거리면 우울한 기분이

든다고. 네프코, 네가 제일 가까우니 스위치 온!"

"써! 스위치 온이지 말입니다, 써!"

모두 무사히 기지 앞에 모여 안으로 들어가자, 나는 벨이 용돈으로 장만한 조명 리모컨의 스위치를 켰다.

원래 교회의 벽과 천장에 달려 있던 오래된 램프(아마 양초를 넣어 쓰는) 안에 LED 전구를 달아 만든 배터리 충전식 특제 조명이 기지 안을 밝힌다.

파악! 하고 엄청나게 밝은 건 아니지만 어쩐지 판타지에 나오는 성 같은 분위기를 만든다.

"오오, 괜찮은데. 컴파도 그렇게 생각하지 않아?"

"네, 환상적이라고 해야 할지… 로맨틱하네요."

우는 아이 입에 사탕 어쩌구랄까. 아가씨 취미에 고상한 벨의 센스로 만든 조명은 마음이 따뜻해지는 느낌이라 겨우 컴파도 웃는 얼굴을 보여줬다. 다행이야.

"그럼 시작하자."

느긋하게 이야기를 하는 게 좋은 의견이 나오지 않을까 해서 다들 자기 파자마로 갈아입고, 진행을 맡은 느와르의 한마디에 작전 회의가 시작됐다.

"역시 왕도는 연설회라고 생각해. 이거라면 다른 사람에게도 폐를 끼치지 않고."

"귀여운 포스터를 만들어서 학교의 모든 게시판에 붙이는 건 어때요?"

"나보다 먼저 학장의 뉴스를 폭로한 신문부…. 데일리 이스투아르를 우리 편으로 하는 게 좋지 않을까"

"… 미디어를 사용해 학교 안의 세력을 움직이게 해야 해."

"먼저 규모가 큰 공인부의 리더들을 모아 파티를 열어, 그들의 협력을 얻으면 어떨까요. 정치란 교섭이니까요. 교섭."

파자마의 릴랙스 효과 때문인지 아니면 기숙사를 빠져나와 비밀회의를 하고 있다는 시추에이션 때문인지, 계속해서 새로운 아이디어가 쏟아져 나온다.

"넵튠은 뭔가 아이디어 없어? 먼저 이야기를 꺼냈으니 하나 정도는 아이디어를 내 보라고."

그 아이디어들에 흠흠 고개를 끄덕이던 내 다리를 느와르가 잡아당기며 말한다.

"글쎄, 저렇게나 동호회가 많으니까 광장을 사용해 동호회 소개 이벤트를 하면 좋지 않을까? 우리들 이렇게 즐겁게 활동하고 있습니다. 라고."

"넵튠 주제에 의외로 좋은 의견이잖아, 깜짝 놀랐네."

"그거 무슨 뜻이야?"

뾰로통한 나를 돌아보지도 않고, 느와르는 진지하게 내 의견을 노트에 적는다.

"여러 가지 의견이 나왔네. 대충 이 정도이려나."

그렇게 메모한 아이디어 노트를 휙 뒤집어 우리에게 보여준다. 이런 데서 성격이 보인다고나 할까, 꼼꼼하다니까.

"이게 지금 바로 할 수 있는 것. 이쪽이 준비에 시간이 걸리는 거야. 그럼 다음에는 예산이 필요한 걸 추려내서…"

하나하나 손으로 짚어가며 모두에게 설명하는 걸 보고 있으려니 정말로 이런 단순한 작업에 반짝이는 아이라고 감탄하는 한편, 어쩐지 조금은 안타까우면서도 슬픈 것 같기도 한 무언가가 느껴지는 것 같기도 하고.

하지만 지금은 다른 중요한 게 남아있기 때문에 나는 감상을 떨쳐버리고(과장) 느와르에게서 노트와 펜을 빼앗았다.

"자, 잠깐만, 아직 설명하는 중이잖아."

"그건 나중에 해도 돼. 그것보다 하나 더, 중요한 걸 정해야 한다고!"

그렇게 말하고 나는 노트를 한 장 넘겨 다음 페이지에 커다랗게 썼다.

'반대 운동 리더 : ㅇㅇㅇ'

아, ㅇㅇㅇ이라는 건 빈칸, 아직 비었다는 거야, 만일을 위해.

"리더… 말이죠?"

옆에서 그걸 보던 컴파가 의아하다는 듯 고개를 갸우뚱한다.

"그래, 리더. 이건 학원 전체를 휘말리게 하는 커다란 싸움이 될 거야. 그때 반대 운동에 참가하는 모든 사람들에게 마음의 의지가 되는 훌륭한 리더가 필요하다고 생각합니다!"

팡팡!

노트를 손에 들고 리더라고 적힌 부분을 다른 쪽 손으로 몇 번이고 두들기며 나는 소리 높여 외쳤다.

"확실히 일리는 있어."

처음에 느와르가 고개를 끄덕인다.

"지휘계통을 일원화하는 게 전쟁의 정석이지."

"그렇군요. 모두를 이끄는 카리스마를 가진 리더가 있는 길드는 온라인 게임에서도 빛나니까요."

"그렇지? … 그래서 외람된 말씀이지만 학원제에서 대마녀를 화려하게 해치운 장본인으로 전교 학생들의 인지도와 인기 둘다 높은 이 몸이."

"반대 운동을 지지하는 선생들도 있을 거야. 그때 선생들과 학생들의 가교가 되는 건 중등부 때부터 계속 수석을 차지해 와서 학원 측의 신뢰도가 높은 내가."

"… 학원 밖에서 문화재 보존 운동으로서 호소한다면, 필연적으로 문예적인 활동을 가장 잘 이해하는 내가."

"반대 운동에 관련 있는 동료들은 말하자면 하나의 가족 같은 거죠. 그 가족을 따뜻하게 감싸는 포용력과 운동을 뒷받침할 수 있는 풍부한 재력을 겸한 저야말로."

그리고 넷이 동시에 숨을 내쉬는 소리가 나더니,

"받아들이겠어!"

"내가 제일이라고 생각해."

"… 할 수밖에 없군."

"어울린다고 생각해요."

여기저기서 들려오는 리더 입후보 선언.

…….

…… 왜!

"전 알고 있었어요. 네푸네푸가 노트에 리더라고 썼을 때부터 이렇게 될 거라고."

"그걸 나에게 말해도 어쩔 수 없잖아. 전에 체육대회 때에도 느꼈지만 이 아이들은 1위라든지 리더같은 눈에 띄는 포지션을 좋아한다니까."

어딘가에서 잡음이 들리는 것 같지만 지금은 신경 쓸 때가 아니다.

파자마 자락을 나부껴 슬쩍 배꼽을 서비스하면서 나는 일어섰다.

그렇게 육체적으로 정신적으로도 높은 위치에서 세 명을 바라보며,

"주인공을 놔두고 리더 선언은 아니잖아. 안돼, 안돼!"

절대로, 안돼. 라고 X자 표시를 한다."

"넵튠처럼 경솔하고 바보 같은 애한테 리더를 맡길 리가 없잖아! 전에 조금 눈에 띈 것 가지고 인망이 있다고 착각하는 게 명청하다는 증거라고."

느와르가 공격해왔다.

"아, 그렇게 말하는 거야? 그렇게 언제나 위에서 내려다보며 사람을 바보 취급하는 건 좋지 않다고."

"바보 취급하는 게 아니잖아. 사실을 말한 것뿐인데, 사실을."

"인망이라는 점에서 말하면 제가 온라인 게임에서 통솔하고 있는 길드의 멤버는 수백 명은 된다고요. 카리스마성에서는 압승이라고 생각하지 않나요?"

"… 게임 이야기는 지금은 아무래도 상관없어. 현실을 보고 있지 않다는 증거라고."

"그렇다면 역시 리얼 학생들에게 인기 넘버 원인 나에게 이견은 없겠지?"

"그건… 네 착각이고."

"맞아맞아, 총선거[31]를 한 것도 아니잖아!"

"온라인 게임은 또 하나의 현실. 그건 이미 세계의 상식이라고요. 그걸 인정하지 않는 낡은 감성이야말로 현실에 대응을 못 한다는 증거에요."

"아니, 그건 벨 혼자만의 현실이잖아."

와글와글, 왁자지껄.

나를 포함한 네 명 모두, 한 치도 물러날 생각은 없다!

에잇, 이렇게 되면 실력으로 승부다!

누가 리더에 어울리는지 힘으로 인정받는 수밖에 없어!

이번에는 파자마의 소매를 걷어올리고, 나는 자기 분수를 모르는 무리들을 노려본다.

---

31 AKB48이 도입해 널리 알린 아이돌의 인기투표 시스템. 사재기에 취약한 금권선거의 대표주자.

"아아아! 네푸네푸, 안 돼요! 싸움은 절대로 안 돼요!"

당황한 컴파가 나에게 달라붙었지만,

"이건 싸움이 아니라… '전쟁'이다아!"

나는 컴파가 안고 있던 베개를 움켜쥐고 건너편에 있던 블랑에게 있는 힘껏 집어던졌다!

목표에 적중해 베개는 블랑의 얼굴에 명중~

"어푸!"

블랑은 그대로 엉덩방아를 찧었지만 바로 일어난다. 그때 푸칭~하고 블랑의 머리 위에서 뭔가 깨지는 소리가 들린 것 같았지만 신경 쓰지 않는다.

"더 이상 말은 필요 없어!"

실력 승부.

소녀들이 이렇게 모인 파자마 파티에서, 먼 옛날부터 내려온 유서 깊은 싸움 방식이라고 하면 단 하나!

"누가 리더가 될 지, 베개 던지기 대회로 승부다! … 아, 지금 공격으로 1포인트."

"… 좋았어…. 좋았어 짜샤! 엉망진창으로 만들어 줄 테니 각오하라고! 베개 던지기? 말썽꾸러기 쌍둥이 상대로 단련한 내 실력을 얕보지 말라고!"

쭉 뻗은 양손에 하나씩 베개… 아니 저건 쿠션인가? 어찌됐건 끌어안고 '이야얍!'이라는 구령과 동시에 블랑이 베개를 집어던졌다. 손목에 스냅이 들어간 건지, 마치 수리검처럼 회전하면서 덮

처오는 블랑의 더블 쿠션. 역시 쌍둥이 상대로 기술을 갈고 닦았다는 건 진짜인가?

"어쭈!"

하지만 어린애들 상대로는 통할지 몰라도, 나한테는 통하지 않는다고! 종이 한 장 차이로 몸을 비틀어 피한 더블 쿠션은 컴파와 아이짱의 가슴에 각각 직격.

"안됐네. 아이짱도 컴파도 리더에 입후보하지 않았으니까 무효라고!"

"제길! 한번 피한 거 가지고 잘난 척하지 말라고!"

"… 과연, 그런 룰이군요. 잘 알겠어요."

"정말로, 왜 그렇게 유치한 거야. 하지만 베개 던지기는 지금까지 해본 적 없으니 조금 어울려 볼까."

아무래도 리더 후보는 네 명 모두 참전하는 것 같다.

"날아온 걸 잡으면 세이브야."

아이짱과 컴파 앞에 떨어진 쿠션을 주워 두 발을 충전하고 나는 새롭게 움직인 '적'과 마주한다.

탄환은 이 자리에 있는 인원만큼에 더해 소파에 있는 쿠션. 얼마나 잘 피하고, 얼마나 잘 줍고, 얼마나 잘 던지는지가 승부의 열쇠다!

"아, 아이짱~"

"놔두자고, 어차피 그러는 동안에 유야무야될 거니까. 질릴 때까지 하면 되잖아. … 그러니까 나는 먼저 잘게, 컴파는 나에게 피해가 가지 않도록 어린이들을 감독해 줘."

"저 혼자서는 힘들어요오~! 아이짱, 일어나요. 아이짱!"

미안해, 컴파.

여자는 아무래도 물러날 수 없는 승부에 도전해야 할 때가 있는 거야!

자아! 세 명 모두 정정당당하게 승부! 승부다!

그날 밤, 소녀의 의지와 프라이드를 건 사투는 밤이 깊을 때까지 이어졌다.

모두가 피곤에 지쳐, 그 자리에서 진흙처럼 격침되는 그 순간까지….

STAGE 3

I

[학원 측의 횡포를 용납할 수 없다
구교사 철거에 반대의 목소리
동호회 합동으로 반대 운동 전개]

본 학원의 구교사동을 포함하는 일부 시설을 철거하고 재정비하려는 계획이 커다란 파문을 일으키고 있다.

어제 방과 후, 갑자기 학장 대행 명의로 공표된 이 계획은 학생들은 물론이교 교직원들 사이에서도 갑작스러운 사건인 듯. 본지 기사가 교직원동에서 복수의 선생에게 인터뷰를 청했으나 '아직 계획의 자세한 내용을 알지 못하기 때문에 코멘트는 어렵다'는 회답이 굉장히 많았다.

한편, 민감한 반응을 보이고 있는 건 학생 측이다. 특히 구교사의 빈 교실을 이용해 동호회나 탐구회를 세운 학생들 사이에서는 강한 반발의 목소리가 들리고 있다.

그들은 지난 체육대회 때 일어난 몬스터 소동과 학원제에서 마제콘느 학장에게 씌인 마물에 의해 일어난 소동을 해결해 일약 그 이름이 알려진 고등부 1학년생으로, 현재 여신 후보과에 재적중인 넵튠 일행에게 반대 운동의 진두에 서 줄 것을 요청하고, 넵튠 측에서도 그걸 받아들여 오늘부터 대대적인 반대 운동을 전개해 학생들의 지지를 모으기로 했다.

구교사를 활동의 장으로 삼고 있는 동호회, 탐구회의 수는 백여 개 이상으로, 그 대부분이 학원의 공인을 받지 않았다.

하지만 비공인이라고는 해도, 자주독립을 존중하는 본 학원의 기풍에 따라 20년 이상 활동이 묵인되었고, 현재 요양 중인 마제콘느 학장도 '학생의 본분을 잊고 미풍양속에 위반하는 것이 아니라면 학원은 개입하지 않는다.'라는 의견을 과거에 발표했다.

이번 계획의 발표로 오랫동안 양호한 관계를 유지해 왔던 학원과 학생 측 사이에 이루어진 '계약'이라고도 할 수 있는 불개입 협정이 일방적으로 파기되었다.

이번 계획은 학원장의 부재로 일어난 학원 측 상층부의 파벌 싸움에 의한 것이 아닐까 하는 의견이 일부의 학생과 선생에게서 나온 것도 있어, 본지로서는 앞으로 학원 측의 성의 있는 대응과 대화를 기대하고 싶다.

데일리 이스투아르 편집부

'… 다음 화제는, 구교사 철거 문제에 대해서야. 어제 방송에서 구교사 철거에 찬성인지 반대인지 메일로 앙케이트를 했는데, 하루에 500통이나 회신이 와서 나 깜짝 놀랐다니까. 역시 다들 이 문제를 주목하고 있어. 앙케이트는 다음 주 방송 시간까지 모집 중이야.

아직 보내지 않은 사람 중에서 어느 쪽으로 할지 정하지 않은 사람은, 오늘 방송이 끝나면 반대 운동을 하고 있는 고등부 여신 후보과의 느와르가 연설회를 하는 것 같으니, 들으러 가 보는 건 어때?

그건 그렇고, 연설회라니 굉장하네. 나는 사람이 많이 있는 앞에서 노래하는 거라면 모를까 내 의견을 말하라고 하면 긴장해서 쓰

러질 거야, 분명히…. 이런, 이야기가 샛길로 빠졌네. 그럼, 그러엄, 다음 곡은….'

반대 운동은 우리의 상상 이상으로 크게 번져가는 것 같았다.

한마디로 말하면 '팍 온다'랄까?

빅 웨이브의 예감이 팍팍 들어.

'구교사 철거 반대 서명 부탁드립니다'

'연설회에서 우리의 의견을 들어 주세요!'

아침에 교문 앞에서 등교하는 학생들에게 서명을 부탁하고, 연설회의 전단을 나눠 주는 손에도 힘이 들어가 있어.

자아 이 흐름을 타자고, 타!

단 며칠만에 여기까지 오게 된 건 몇 가지 이유가 있는 것 같아.

첫 번째는 누가 뭐라 해도 이 이스투아르 기념학원의 교풍.

어찌됐건 떠들썩한 걸 좋아하고 이벤트라면 불타오르는 정신이 창립 당시부터 이어져 내려오는… 것 같아. 이건 아이짱의 분석.

두 번째는 마제콘느 선생이 돌아오지도 않았는데 멋대로 해도 되는 건가? 라고 생각하는 선생이 몇 명인가 있다는 것. 이건 느와르의 거침없는 의견.

마지막은 뭐라 말해도 나의 인기!

"서, 서명할 테니까 악수해도… 되려나?"

봐, 또 왔잖아.

학원제를 구한 아름다운 히로인이 이렇게 직접 교문 앞에서 서명운동을 하고 있는 걸. 효과가 없을 리 없지.

건강함이 온몸에서 흘러나오는 것 같은 여자아이가 악수를 부탁하려고 나에게 손을 내밀었다. 오늘 벌써 이거로 열 명째야.

아아, 남녀를 가리지 않는 이 인기!

이 정도라면 웬만한 아이돌 정도는 상대가 안 되는 거 아닐까 싶은 정도? 그건 좀 심했나?

"응응. 악수도, 뭐하면 사인도 해 줄게. 그러니까 방과 후의 연설회에도 와 줘. 약속♪"

"응, 꼭 갈게! 열심히 활동하고 있는 동호회의 모두를 쫓아내 다니 용서할 수 없어. 가능한 일이라면 뭐든지 협력할게! 앞으로 도 힘내!"

"고마워! 맡겨줘!"

좋았어, 또 한명 신자⋯. 아니 협력자를 얻었다.

여자아이는 내가 마음을 담아 꼬옥 악수를 해준 손을 기쁘다 는 듯 바라보며 교사 속으로 사라졌다.

"이대로라면, 방과 후의 연설회도 만원이겠는데. 느와르도 기 합을 넣었겠지."

건강한 소녀를 바라보며 옆에서 같이 전단지를 돌리는 컴파에 게 V 사인을 보낸다.

"굉장해요, 네푸네푸. 모두의 '리더'로서 선두에 서 있네요. 저도 친구로서 뿌듯해요."

"응? 컴파군 뭐라고? 한 번 더 말해 보도록."

"네, 뿌듯해요."

"아니아니, 그 전에!"

"… 모두의 리더."

"그거야! 좀 더 큰 소리로!"

"모두의 리더! … 에요."

YES!

리더… 좋은 울림이다.

사실은 그 베개 던지기 게임에서 승부가 나지 않아서 리더 없이 반대 운동을 시작했지만, 운동을 시작하고 며칠 뒤, 갑자기 느와르도 벨도 블랑도 한목소리로 리더는 나한테 양보하겠다고 하는 거야.

"역시 다들 마음속으로 내가 리더에 어울린다고 생각했구나. 하지만 다들 고집이 세서, 반대 운동을 시작하고 보니 내 인기를 인정할 수밖에 없었던 거지?"

"… 사실은 생각했던 것보다 연설회니 파티니 준비가 많아서, 모두 그럴 때가 아니라고 말하기는… 말, 말하기 어렵네요…."

"응? 뭐라고 했어 컴파?"

"아, 아무것도 아니에요. 아직도 할 게 많잖아요, 네푸네푸 리더. 수업 시작하기 전에 포스터도 붙여야죠."

"아, 그렇지 리더는 바쁘다니까! 열심히 해야지…. 그건 그렇고, 이렇게 바쁜데 아이짱은 뭘 하고 있는 거야?"

"아이짱은 아이짱 나름대로…. 괜찮아요. 네푸네푸에겐 제가 있으니까요. 같이 힘내요."

그렇게 말하고 컴파는 내 등을 떠민다.

뭐지뭐지? 컴파가 이렇게 고집 센 캐릭터였나?

"갑자기 왜 그래? 열심히 하는 건 좋은데 좀 이상하네."

"그, 그렇지 않아요. 네푸네푸가 열심히 하고 있는데 나만 멍하니 있을 수 없다고 생각한 것뿐이에요."

그렇다면 괜찮지만… 컴파가 좀 이상하네.

II

"뭐, 그렇게 허둥대지 말라고, 대행님. 학생들이 아무리 아우성쳐도 무시하면 되잖아. 뭐, 교직원회? 르위 주의 문화재단이 참견한다고? 그건 대행님이 수완을 보여 줘야지. 대행이라고는 하지만 학장 지위는 장식이 아니잖아…. 알았어알았어. 르위 주 쪽은 이쪽에서도 수단을 생각해 볼 테니까 지금은 그 교직원회에 압력을 가하라고."

손가락 하나가 시가 정도는 되는 뒤룩뒤룩 살찐 손가락에 끼운 것처럼 잡고 있던 핸드폰을 끊은 트릭 더 하드는 사무실 바닥에 굴러다니던 금속제 컨테이너를 끌어당겨 그 위에 앉았다.

사무실이라는 건 물론 그들의 회사인 '매직 컴퍼니'의 사무실이지만, 그 광경은 평범한 회사의 사무실과는 많이 달랐다.

어느 채무자에게 강제로 빼앗은 낡은 해안 창고를 사무실이라고 부르는 것이라, 벽도 바닥도 콘크리트가 드러나 있고 인테리어다운 인테리어는 전혀 없다.

게다가 처음부터 방치되어 있던 컨테이너를 책상과 의자 대신으로 쓰고 있는 지독한 상황이다.

"또 그 쬐끄만 아저씨가 시끄럽게 군다니까…. 역시 팍 죽여 버리고 하고 싶은 대로 하자고. 아니, 시켜줘. 여기에 오고 나서는 심심해서 못 견디겠다고. 야, 듣고 있어? 임마!"

"소리 지르지 마. 돈을 위해서라고 말했잖아. 너를 움직이려고 어둠의 루트로 발주한 배틀 아머를 조달하느라 비용이 들었다고. 매직의… 사장의 프로세서 유닛보다 먼저 해 줬는데 자꾸 불만만 늘어놓기는. 나는 어린애들과 즐겁게 노는 것도 참으면서 하고 있다고."

하지만 이 오피스의 종업원들은 이 살풍경한 직장 풍경에 불만은 없는 것 같았다.

"제길, 진짜 심심하네. 아 심심해! 짜증나! 짜증난다고!"

아니면 처음부터 이렇게 될 줄 알고 일부러 아무 것도 놔두지 않은 건지, 미친 개처럼 울부짖는 소리와 함께 와그작 하고 저지 더 하드가 컨테이너 옆을 걷어차는 소리가 창고 안에 울려 퍼진다.

걷어차인 컨테이너는 주름질 정도로 우그러져, 차인 자리가 움푹 파였다.

"잠깐 이 근처에서 놀고 올게."

하지만 그 정도로는 부족하다는 듯, 저지는 종이로 입가를 비비는 듯한 숨을 내쉬면서 빈약한 어깨를 헐떡이며 창고를 나갔다.

"… 이런이런, 나도 재미없는 건 마찬가지라고. 그 쪼잔한 놈도 그렇고 저지도 그렇고, 귀엽고 가련한 어린 여자애들과는 은하 반대편에나 있는 것 같은 녀석들의 상대를 해야 하다니. 사장, 이건 노동환경의 처우 개선을 요구해야 할 레벨인데?"

트릭은 들으라는 듯 그렇게 이야기하며 뚱뚱한 몸을 움직여 뒤를 돌아본다.

그 시선이 향하는 곳에는 매직 더 하드가 컨테이너에 앉아 고개를 숙이고 지금까지의 이야기에는 전혀 관심이 없다는 듯 머리카락과 같은 색으로 칠한 긴 손톱을 줄로 뾰족하게 다듬고 있었다.

"듣고 있어, 사장? 학생 반대 운동의 선두에 서 있는 건 마제 콘느님의 의식체를 저쪽으로 보낸 녀석들… 다시 말해 이쪽의 여신들인 것 같아."

"… 알고 있어. 이미 그들에게는 감시를 붙여 놨지. 그보다는 그 물건을 찾는 게 더 중요해."

매직은 다듬은 손톱을 얼굴 앞으로 내밀어 잘 되었는지 확인하는 듯 바라보고는, 귀찮다는 듯 트릭에게 주의를 돌려 말했다.

"마제콘느님이 이쪽에서 수집한 마법 아이템을 몇 개인가 손에 넣었다. … 하지만 제일 중요한 '게이트'가 아직 발견되지 않았어."

"학장 대행이 손에 넣은 지도에도 그럴듯한 곳은 없던데."

"하지만 퍼플하트와 이스투아르는 이쪽의 여신들과 접촉하고 있어."

"여신들에게 붙인 감시역의 연락을 기다릴 셈이야? 신중한데, 사장."

"… 프로세서 유닛이 완성될 때까지야."

"뭐야, 역시 듣고 있었어? 사람이 나쁘다니까."

"…"

"흥, 괜찮아. 그러면 사장의 인내력을 봐서 우리도 대행님의 상대를 해 줄 테니. 그게 끝나면 이번에야말로 어린 여자애들과… 아쿠쿠쿠쿠."

트릭은 비열한 웃음소리를 낸다.

하지만 그 웃음소리에는 아무 반응도 보이지 않고 매직은 다시 손질이 끝나지 않은 손톱을 줄로 다듬기 시작했다.

그 눈동자 속에 어두운 불꽃이 조용히 흔들리고 있었다.

III

"… 공인된 활동부에 비해 구교사에 모여 있는 동호회의 예산은 30분의 1에 불과하다. 그럼에도 오늘 우리가 이렇게 의견을 내는 이유는 무엇인가!? 여러분, 그건 우리가 올바른 일을 하고 있기 때문입니다! 그건 오늘 모인 여러분들이 잘 알고 있을 겁니다!"

역시 학원 성적 톱의 우등생.

선생들한테 체육관을 통째로 빌리는 허가를 깔끔하게 받아낸 그 신뢰도도 굉장하지만, 연설하는 모습도 당당해서 솔직히 굉장하다고 생각했어.

"으으으음…. 리더인 나를 제치고 이 인기라니! 나도 질 수는 없지, 그렇지?"

꽉 들어차 서로 밀칠 정도인 체육관, 그 제일 뒤쪽 구석에서 나는 말했다.

"그렇지? 라고 나한테 동의를 구해도 뭐…. 그것보다 느와르, 저 옷은 뭐야?"

아침에 너무 열심히 한 걸까. 방과 후에는 조금 쉬겠다고 하는 컴파 대신 슬그머니 어딘가에서 돌아와 나와 합류한 아이짱이 무대 위에서 커다란 제스처를 취하며 연설을 하는 느와르를 가리키며 말했다.

아, 그거 사실은 나도 신경 쓰였는데.

비밀 기지에서도,

"모두를 궐기하도록 만드는 한 벌이야. 말하자면 카리스마의 연설을 위한 정장이라고 해야 할까!"[32]

라고 굉장히 진지한 눈으로 만들었던 그 의상은, 장식이 들어간 어깨의 라인에 각이 있고 목 아래의 스탠딩 칼라도 바짝 서 있어서,

"… 군복?"

으로 보이는데, 나도.

어찌됐건 그 특별 제작한 정장인지 뭔지를 입은 느와르의 연설은 드디어 클라이맥스를 맞이하고 있었다.

힘을 다해 쥔 주먹을 떨면서, 기백이 넘치는 뜨거운 연설을 계속한다! 계속한다!

"학장 대행이 포고를 선언한 지 수일, 우리가 대화를 요구했지만 몇 번이나 거절당했는지 생각해 주십시오. 우리가 내걸은, 학생 하나하나가 자유로운 활동을 위한 싸움을 여신들이 두고 보지는 않을 것입니다. 이 난폭한 방식에 분노를 결집시켜 계속 호소해야만 처음으로 진정한 승리를 얻을 수 있습니다. 이 승리야말로 이스투아르 기념학원생의 최대의 자랑이 될 것입니다! 학생들이여 일어나라! 호소를 서명으로 바꾸어, 일어나라 학생들이여! 지크 지…"[33]

너무 열심히 한 게 문제였는지 마지막에 부웅 하고 스피커가 울려서 잘 들을 수 없었지만, 거기에 동요하지 않고 마지막까지

---

32 지온군 군복은 지금 봐도 쓸데없이 멋집니다.
33 왜인지 '애송이니까' 라고 중얼거리고 싶어지는 마력이 있는 기렌 총수의 연설이죠.

당당하게 연설을 끝낸 느와르는 모두의 앞에서 꾸벅 머리를 숙였다.

"들어주셔서 감사합니다."

울려 퍼지는 박수와 환호성. 나도 온 힘을 다해 박수를 쳤다.

"명연설, 명연설! 오오 느와르! 우주제일! 얄밉다니까. 할리우드 여배우 같으니라고!"

"무슨 아저씨냐, 너! … 뭐 어찌됐건 큰 이벤트 하나가 무사히 끝났네. 신문부도 방송부도 계속 취재가 들어오는 것 같고, 선전 효과는 굉장해 보이는데."

"어? 정말로? 아이짱 잘도 그런 걸 찾아냈네."

"조금 분위기가 다른 사람에게는 반응하는 게 버릇이 됐으니까. 그것보다 네프코는 다음에 뭘 할 거야? 벨의 파티에 갈래?"

"그거야, 리더로서 열심히 하는 부하의 모습을 봐 둬야지. 초대객의 신원 체크와 유도는 리더만이 할 수 있는 중요한 임무라고 벨도 말했고, 그 기대에 부응해야겠지!"

내가 그렇게 말하자 아이짱은 왜인지 눈썹을 'ㅅ'모양으로 하고 어딘가 슬픈 듯한 표정으로 반쯤 웃음을 지었다.

"뭐야, 그 의미심장한 웃음은?"

"아니야 너처럼 바보… 즐겁게 살아갈 수 있으면 인생이 행복할 것 같아서. 몸에도 신경 쓰면서 열심히 해."

아이짱은 내 어깨를 두들기며.

"그럼 나는 일이 있어서 가 볼게, 벨에게 폐는 끼치지 말라고."

빙글 돌아 체육관을 나갔다

"아이짱, 같이 안 가?"

말을 걸었을 때에는 이미 아이짱의 모습이 인파 속에 묻혀 있었다. 연설회가 끝나자 들으러 온 아이들도 다들 슬금슬금 대이동을 시작해 순식간에 놓쳐 버렸다.

으으, 혼자는 조금 외롭지만 어쩔 수 없지. 벨군을 시찰하러 가 볼까. 리더로서!

"다들 오늘밤에 이렇게 와 주셔서 감사드려요. 나중에 제가 한 분씩 인사를 드릴 테니, 천천히 요리와 음료를 즐겨 주세요."

연설회가 끝나고 난 뒤 벨 주최의 파티가 린박스 기숙사에 있는 커다란 댄스홀에서 열렸다. 조용한 음악이 들려와 우아한 상류층의 파티 같은 분위기였다. 꽉 들어찬 체육관의 열기 넘치는 연설회와는 전혀 다른 느낌이다.

모여 있는 사람들도 '정말 너희들 학생 맞아?'라고 의심이 가는 가라앉은 분위기를 풍기는 사람들뿐.

저런 걸 고귀한 신분이라든가 그런 느낌의 사람들이라고 하나? 레이디스&젠틀맨?

"어머, 이 분은 여자 펜싱부의…. 지난번에는 다과회에 초대해 주셔서 고마웠어요."

"안녕하세요. 승마클럽의…. 어머? 옆의 근사한 남성분은 동행인가요?"

"인사가 늦어져서 죄송해요. 저는 폴로부의 부장을 맡고 있습니다. 오늘은 승마와 연관이 있어서 초대받았어요."

"어머, 그렇군요. 그럼 당신도 벨님이랑 친해질 기회를 노리고 있는 건가요?"

"하하, 이거 날카로운데요."

우후후. 오호호. 깔깔깔….

들려오는 우아한 이야기만으로도 완전히 다른 세계라는 걸 알 수 있지만…. 그렇다는 건, 벨도 원래는 저쪽 세계 사람이라는 거잖아?

언제나 방에서 게임을 하거나 우리와 함께 있다 보니 잊어버릴 것만 같지만, 사실은 아가씨로구나.

느와르가 직접 만든 '정장'과는 다르게(아, 그건 그것대로 잘 만들었지만)패션은 잘 모르는 내가 봐도 '최고급!'이라는 걸 알 것 같은 하이레그 드레스를 엘레강스하게 입고, 머리도 여느 때와는 다르게 위로 올려 묶고, 한 손에는 글라스를 들고 파티 참가자들에게 인사를 하며 돌고 있는 벨.

도대체 어떤 상류계급의 이야기를 하는 걸까.

한편 나는, 입구에서 참가자들에게 초대장을 모은 뒤로는 할 일도 없어 멍하니 회장에 서 있다.

요리도 가득 있으니까 이것저것 조금씩 먹어봤지만 아무리 맛있어도 혼자 먹으면 맛이 50% 정도는 깎이는 것 같아서 따분해.

벨도 그렇지, 인사로 바쁘다는 건 알지만, 리더인 나를 모인 사람들에게 소개해야 하는 거 아니야?

회장 구석의 벽에 기대어 그런 걸 생각하고 있자니, 문득 생각나는 게 있었다.

(어라? 나 혹시 편리한 심부름꾼이 된 거 아니야?)

아, 아니 그럴 리가, 그럴 리 없겠지… 그렇지?

하지만 냉정하게… 다시 냉정하게 생각해 보면 전단을 나눠주는 것도 포스터를 붙이는 것도 초대장을 모으는 것도 리더가 할 일은 아니지 않나?

그러고 보니 컴파도 아이짱도 내가 리더가 됐을 때부터 묘하게 태도가 이상한 것 같기도 하고, 아닌 것 같기도 하고.

"이거, 확인해 볼 필요가 있겠는데."

그렇게 중얼거린 뒤, 나는 서 있는 자리에서 벽을 따라 눈에 띄지 않게 이동해 밖으로 나갔다.

"컴파는 이 시간이라면 아직 비밀 기지에 있으려나?"

다시 혼잣말을 하고는 나는 걷기 시작했다.

오늘은 '반대 운동의 회의가 있어서!'라고 제대로 외출 허가를 받았으니까 당당하게 기숙사의 통금을 신경 쓰지 않고 행동해도 되는 게 좋다.

기숙사장에게서 허가를 받았는데, 플라네튠의 기숙사장은 보이시하고 시원스러운 성격의 여자[34]였다.

---

34 초차원게임 넵튠 mk2의 팔콤양입니다

이 학원의 졸업생으로 학창 시절에는 구교사의 동호회에 있었다고 해. 모험 애호회였던가, 탐험 동호회였던가?

그 동호회 시절 쓴 모험기가 히트를 해서 꽤 유명해진 것 같은데…. 그 이야기는 나중에 하기로 하고, 우리의 반대 운동에 협력적이라 바로 허가를 내 주었다.

그렇게 해서 반짝반짝 예쁘게 빛나는 별님 아래를 느긋하게 걸어서 비밀 기지로 향하고 있으려니.

"잠시만요! 잠시만요!"

갑자기 어딘가에서 의문의 목소리가 들려, 나는 걸음을 멈추었다.

장소는 구교사 건물과 비밀 기지 사이에 있는 숲 중간. 그래, 그 화려한 스포츠카와 봉고차를 발견했던 곳 근처야.

"누, 누구!?"

이 근방은 밤이 되면 엄청 어두우니까, 팔짝 뛸 정도로 깜짝 놀랐어, 슬금슬금 주변을 둘러보며 목소리의 주인을 찾는다.

"여기예요오~."

조금 지나자 어둠 속에서 스윽 떠오르는 그림자. 자세~히 보니 우리 학원 교복을 입은 여자아이였다.

"거기 계신 분, 부탁드려요오. 도와주세요. 환자가 있어요오."

여자아이가 그렇게 말하면서 손을 흔드는 게 보여, 나는 그쪽으로 달려갔다. 환자라고 하니 놔둘 수 없는걸.

"괜찮아? 환자는 어디 있어?"

"여기, 여기에요오."

달려가면서 말을 거는 나에게 여자아이는 자신의 발밑을 가리킨다. 가까이 다가가 보니 거기에는 바닥에 누워 있는 환자… 가 아니라….

"쥐?"

응 쥐야. 아무리 봐도 쥐입니다. 정말로 고맙습니다.

그것도 엄청 큰.

"쥐지만… 훌륭한 환자입니다츄. 배, 배가 너무 아픈… 환자츄."

기어들어가는 목소리로 그 환자… 아니 환쥐는 말했다.

"훌륭한지 뭔지는 모르겠지만, 어떻게 된 거야?"

"저, 저희들은 이 구교사에서 활동하고 있는 동호회인데, 작업을 하다가 늦어졌어요오."

내가 물어보자 교복을 입은 여자아이가 설명을 했다.

들어보니 부실에 놔두고 간 물건을 찾으러 가다가 갑자기 이쪽의 쥐돌이군이 배가 아파서 움직이지 못하게 됐다고 한다.

"부탁이에요오. 도와주세요오."

"알았어. 바로 근처에 우리 기지가 있으니 거기로 옮기자. 거기에 간호학과에 다니는 친구가 있으니까. 그때까지 힘내!"

그렇게 말하고는 나는 그 자리에 주저앉았다.

"업을 테니까 도와줘."

으으~아아~뒤척거리며 배를 부여잡고 있는 쥐돌이군을 여자

아이와 협력해서 내 등에 업었다.

"의, 의외로 무겁네, 쥐돌이군."

"제가 뒤에서 받치고 있을게요."

"부, 부탁해~."

이렇게 숲을 빠져나가 비밀 기지에 도착했을 때에는 이미 온몸이 땀에 흠뻑 젖었다.

숨을 헐떡이며 문을 열고,

"컴파, 있어?"

"네푸네푸?"

아, 다행이다. 컴파가 아직 있었구나.

바로 들려온 그 목소리에 나는 안도의 한숨을 내쉬었다. 소파에 앉아 있던 컴파가 조용한 발걸음으로 이쪽으로 다가온다.

조금 멍한 눈으로 눈가를 비비는 건, 피곤하다보니 좀 자서 그런가?

"하아암…. 네푸네푸, 벨의 파티를 도와주러 간 거 아니었나요."

컴파는 내 눈 앞까지 와서 살짝 하품을 한다. 역시 잠을 자고 있었던 모양이다.

"미안하지만 그건 나중에 이야기하자. 급한 환자… 급한 환쥐를 데려왔어!"

하지만 내가 말한 '급한 환자'라는 말에 등을 쭉 펴고 눈도 초롱초롱해진 걸 보면 확실히 간호학과라니까.

"크, 큰일이에요! 바로 저쪽 소파로 옮겨요!"

상태를 보고 바로 상황을 파악한 컴파가 내 뒤로 돌아간다.

같이 옮겨온 여자아이와 협력하여 쥐돌이군의 엉덩이를 들어주었다.

마지막까지 떨어지지 않도록 조심스럽게 소파 앞까지 가서 쥐돌이군을 내려놓는다.

"… 하아, 힘들었어."

"네푸네푸, 잘했어요. 이젠 제가 간호할 테니까 조금 쉬세요."

"고마워, 땀에 흠뻑 젖었네. 잠깐 밖에서 땀 좀 식힐게. … 너도 피곤하지? 같이 땀 좀 식히자."

"아, 네에."

재빨리 컴파는 소파에 누워있는 쥐돌이군의 상태를 보면서 다정스럽게 '괜찮을 거에요' '저한테 맡겨 주세요'라고 말을 걸고 있다.

여기는 컴파에게 맡겨두고, 나는 여자아이와 함께 밖으로 나갔다. 조금은 다리가 휘청거리는 것 같아.

밖에 나가니 기분 좋은 바람이 상을 주는 것처럼 불어와 나는 숨을 내쉬며 교복 가슴께를 손으로 부채질했다.

"하아~기분 좋다. 너도…."

부채질해 라고 말하려던 순간 깨달았다. 그러고 보니 나, 아직 이 아이의 이름도 물어보지 않았네.

계속 '여자아이'라던지 '너'라고 하는 것도 그래서, 생각난 김

에 물어보니,

"저는 린다라고 해요오. 쓰러진 쥐돌… 아니 친구는 와레츄라고 해요오."

요오~라고 묘하게 '연출'하는 듯한 말투. 무리하게 캐릭터를 만들려는 것 같은 목소리였다.

거기에 자세히 보니, 교복도 어쩐지 일부러 깔끔치 못하게 입은 것 같기도 하고, 날라리 같다고 해야 하나, 불량스럽다고 해야 하나, 좀 수상쩍은?

하지만 처음 보는데 갑자기 그런 걸 말하면 좋지 않을 것 같아.

"린다로구나. 아 남의 이름을 물어보고서 내 이름은 말 안 했네. 나는 여신 후보과의…"

무난하게 이름을 말하려고 할 때였다.

"알아요오! 넵튠씨죠오!"

린다는 갑자기 눈을 반짝이더니 내 손을 잡고 말했다.

"학원의 유명인인데 모르는 사람은 없다고요오! 그리고 저어, 넵튠씨의 어어어엄청난 팬이에요오!"

… 뭐시라? 어어어엄청난 팬이라고? 지금?

"내 팬이라고?"

확인하려고 다시 물어보자 린다는 몇 번이고 크게 고개를 끄덕이더니 내 손을 꼬옥 잡고 붕붕 흔들면서,

"맞아요오! 철거 반대 운동에 힘을 빌려주는 사람들 중에서

도오 저는 넵튠씨가 제일 빛나는 것 같아요오! 뭐라고 해야 할 까아? 스며드는 리더의 품격? 그런 게 굉장해요오"

"리더의 품격… 내가?"

"응? 저는 넵튠씨가 반대 운동을 저언~부 통솔하는 줄 알았 는데요오~ 아닌가요오? 그 외에는 생각할 수 없잖아요오."

"그 외엔 생각할 수 없다…."

나는… 나는 경박한 사람이었습니다. 참회합니다.

겉모습이 불량스럽다든지, 말하는 게 이상하다든지, 그런 작 은 부분으로 사람을 보고 있었다니. 구멍이 있으면 들어가고 싶 을 정도입니다.

"그래서어, 사실은 아까 말을 걸었을 때 넵튠씨라는 걸 알게 돼서어 와레츄에게는 미안하지만, 지인~짜 흥분했어요오. 지금 도오 심장이 두근거려요오~."

그 후에도 린다의 나에 대한 칭찬은 끊이지 않았다.

매일 아침 교문 앞에서 서명을 부탁한 것, 학원을 돌아다니며 포스터를 붙였던 것. 이 아이는 그걸 전부 봤고, 존경했다고 한 다. 동경한다고.

"저어, 어려운 건 잘 모르지마안 그런 수수한 걸 제대로 하는 사람이 진짜 리더가 아닐까 해요오."

고마워, 그리고 고마워.[35] 나 감격해서 말이 나오지 않을 것

같아.

봐주는 사람은 봐주고 있었구나.

"린다 덕에 힘이 나네. 사실은 나. 단순한 심부름꾼이 아닐까 고민하고 있었거든…. 그게 아니구나. 그렇지, 수수한 걸 하는 사람이 진짜 리더구나."

작은 일로 우울해진 내 마음은 한순간에 복숭앗빛 하트풀로 변했다.

"저, 그런 넵튠씨를 도와주고 싶어요! 오늘 이렇게 이야기를 나누게 된 것도 운명인 것 같아요오! 부탁이에요오. 저도 넵튠씨의 동료가 되고 싶어요!

라는 기특한 제안까지 하다니.

나는 그대로 린다를 끌어안고 뽀뽀를 하고 싶은 충동을 꾹 참고

"그, 그래? 기쁘네. 그럼 쥐… 가 아니라 와레츄의 상태가 좋아지면 얘길 한번 해볼까, 컴파가 제대로 간호를 해 줬으면 좋겠지만."

온 힘을 다해 침착한 리더처럼 폼을 잡으며 빙글 돌았다.

목소리가 상기된 걸 들키지 않았으면 좋겠네. 라고 생각하며 자연스럽게 히죽거리는 얼굴을 보이지 않도록 하면서,

후우, 일단 마음을 가라앉히고 안으로 들어갔다.

"컴파, 와레츄의 상태는 어때?"

간호를 하고 있는 컴파에게 말을 걸었다.

"쥐돌씨의 이야기를 들어 보니. 간식을 너무 많이 먹은 것 같아요. 이래서야 배탈이 날 만하네요."

"과, 과식? … 린다. 짐작 가는 거 있어?"

나는 뒤에 서 있는 린다를 돌아보았다.

"그야, 리얼리티를 연출하기 위해 억지로 먹여서…."

"응?"

"아, 아뇨 아무것도 아니에요오~. 와레츄! 과식이라니 아이 같은 짓으로 걱정하게 하지 말라고오~ 하지만 이상한 병이 아니라 다행이야아."

린다는 또 뭔가 오버하는 듯한 반응으로 소파에 누워 있는 와레츄에게 달려간다.

하지만 와레츄는….

"아아, 컴파짱 덕분에 조금 편해진 것 같아츄."

"다행이네요. 쥐돌씨. 약이 들은 것 같아요. 조금만 있으면 좋아질 테니까 그때까지 제가 배를 만져 줄게요. 쓰담스담, 쓰담쓰담."

"커커커컴파짱… 이 얼마다 다정스러운지. 천사! 마치 천사가 강림한 것 같군요츄! 이 부드러운 손… 따스함… 하아하아… 컴파짱…. 컴파짱."

문자 그대로 컴파의 '간호'에 눈에 하트마크를 띄우고 빠져 있다.

'으으'라던지 '아아'라던지 솔직히 말하면 조금 기분 나쁜 소리를 내면서 꼼지락거리느라 린다는 완전히 아웃 오브 안중.

"컴파짱… 가능하면 좀 더 아래로…"

"이쪽이요? 아픈거 아픈거 날아가라~에요. 쓰담스담쓰담쓰담."

"아, 아아 그, 그런 곳을 다정하게 쓰다듬으면 저… 저… 안 되겠츄우우우!"

응, 확실히 안 되겠어, 여러 가지 의미로.

"네, 넵튠씨. 이런 에로 쥐돌이는 놔두고… 아까 하던 이야기를 계속하죠…"

요오~… 라는 말버릇을 잊어버린 듯, 린다가 차가운 눈으로 와레츄를 내려다보며 말했다.

"그, 그렇지…"

아무래도 '캐릭터가 달라진 것 같은데'라고 딴죽을 거는 것도 불쌍해서, 나는 솔직히 고개를 끄덕였다.

IV

"느와르씨, 어제 연설 멋졌어요. 서명도 했고요. 응원할게요."

"저도 구교사의 뜨개질 동호회에 들어가 있어요. 그래서 굉장히 마음이 든든해요."

순정을 그림으로 그린 것 같은 귀여운 여자아이 두 명이 슬금

슬금 다가오더니 부끄럽다는 듯이 말했다.

"고마워. 모두의 기대에 부응할 수 있도록 힘낼게."

느와르가 폼나는 포즈로 트윈테일을 손으로 넘기며 대답하자, 둘은 기쁘다는 듯 인사를 하며 달려갔다.

두 명이 사라지자 느와르는 우리를 돌아본다.

"지금 봤어? 오늘은 아침부터 이러니, 곤란하네."

오오, 높아졌네, 높아졌어. 콧대가.

점심시간의 학생 식당에서 오늘도 어디론가 사라진 아이짱을 제외한 멤버가 모여,

"앞으로의 방침에 대해 이야기하자."

라고 말하길래 뭔가 했더니, 사람이 모이는 곳에서 이걸 보여주고 싶었던 거로구나.

뭐, 어제까지의 나라면 바로 반응했겠지만 오늘부터의 나는 다르다고.

말하자면, 마음의 여유 확장 RAM 카트리지 16 기가바이트 분[36]을 추가했다고나 할까.

"느와르, 그렇게 계속 폼만 잡고 있다가는 밥이 식는다고."

그래서 소란을 피우지 않고 슬그머니 넘어간다. 슬그머니.

"그, 그 태도는 뭐야. 감상은 없는 거야!?"

"연설회의 효과가 나왔으니 좋은 거 아냐? 그리고 벨의 파티

---

36 세가 새턴의 확장 RAM 카트리지 롬 팩 모양으로, 이게 있어야만 할 수 있는 게임도 있었습니다.

는 어떻게 됐어? 블랑이 말한 여론에 호소한다는 방향은?"

된장국을 후루룩 한입 먹고 난 후, 나는 말했다. 아, 오늘도 학교 식당 밥은 맛있구나.

"물론 대성공이에요. 모인 분들은 운동에 협력한다고 약속해 주셨으니까요. 오늘이라도 공인 활동부 전체의 이름으로 학장 대행에게 항의해 준다고 했어요. 뭐, 저의 카리스마를 생각하면 당연한 결과지만요."

"… 괜찮다. 문제 없어."[37]

음, 메인인 회도 신선한 게 생생하게 혀 위에서 춤추는 것 같다.

벨과 블랑의 활동도 순조로와서 더 이상 할 말은 없을 것 같네.

힘내서 시킨 회 정식을 천천히 음미하면서 세 사람의 보고를 다 들은 후에

"잘 먹었습니다."

손을 마주하고 잘 먹었습니다. 포즈

"뭐, 뭐죠. 네푸네푸의 저 여유는. 조금 기분 나쁜데요."

"… 득도라도 한 건가?"

득도라, 블랑의 말이 지금의 나와 제일 어울릴지도 모르겠네. 내 마음은 명경지수… 옛날의 위대한 격투기 선수가 남긴 말이

---

37 희대의 네타 게임 엘 샤다이. '그런 카리스마로 괜찮은가?'

지.[38]

하지만 할 마음은 열화와 같이.

"으으… 웬지 모르겠지만 분해! 컴파, 넵튠에게 무슨 일이 있었던 거야?"

"사실은 어젯밤…"

괜찮아 컴파. 충분히 설명해 주면 돼.

내가 한 소녀와 한 쥐… 는 아무래도 좋지만 그 만남에 의해 뜨겁게 마음이 동요되어 자신이 해야 할 일, 나아가야 할 길을 새롭게 보고 반짝이는 내일로 향하겠다고 결심한 경위에 대해서 말해 줘.

"… 그런 일이 있었어요."

컴파가 이야기를 마치자. 모두가 일제히 나를 바라본다.

후우… 아무래도, 모두가 알게 된 것 같네. 정말로 사람들이 따르고 끌리는 진정한 카리스마성을 가진 게 누구인지 말야.

하지만 내가 떠벌일 필요는 없지. 나는 행동으로 보여 줄 뿐이니까.

"그러니까, 나는 먼저 갈게."

"가다니… 네푸네푸, 뭘 하려는 거에요?"

"린다가 말했거든, 지금 이 학원의 학생들은 구교사 철거문제만이 아니라 좀 더 여러 가지 호소할 건이 있다고. 그래서 지금

---

38 기동무투전 G건담. 최애캐는 풍운재기였습니다.

이야말로 이 기세를 이용해 그런 의견을 모아서 한방에 표출해야 한다고 했어."

행동으로 보여준다고 말하자마자 좀 그렇지만, 역시 이렇게 결의를 이야기하면 기합이 들어간다니까. 나도 모르는 사이게 주먹을 꼬옥 쥐고 있는 걸 깨달았다.

"아, 이러고 있을 때가 아니지. 린다와 만나야 해."

주먹을 펴고 몇 번인가 눈앞에서 주먹을 쥐었다 폈다 하면서 나는 일어섰다.

그러자.

"… 기다려."

식당을 나가려던 나를 블랑이 막는다.

"왜 그래? 급한데."

"그 이상은 안 돼."

가만히 고개를 저으면서 블랑이 말한다. 마치 내가 공격해 온 상대에게 저도 모르게 혼신의 암록을 건 걸 타이르는 것처럼 굳은 목소리였다.

"그 이상이라니, 무슨 소리야?"

"… 말 그대로야."

" 그 린다라는 아이가 무슨 생각으로 너한테 그런 바람을 넣었는지는 모르겠지만, 구교사 철거 반대 이외에 쓸데없는 호소를 하는 건 좋지 않다고. 그렇지?"

블랑과 나를 교대로 보면서 느와르가 덧붙이듯 말하자 블랑은 고개를 끄덕인다.

그리고 벨까지.

"저도 두 사람의 의견에 찬성해요. 네푸네푸, 우리는 원래 구교사에 활동하는 동호회의 모두에게서 대표로서 기대를 받고 있다는 걸 잊지 않으면 좋겠네요."

조금 엄한 말투로 말한다.

왜? 왜 다들 그렇게 말하는 거야?

그 순간 내 마음 속이 부글부글 끓는 것처럼 뜨거워지는 걸 느꼈다.

세 사람이 내가 하려는 일을 인정해주지 않는다는 걸 알게 되자 나도 모르게 화가 치밀어 올랐다."

"똑같잖아! 곤란에 빠진 건 동호회뿐만이 아닌걸! 좀 더 많은… 말을 하고 싶은 게 있는 사람도 있다고! 곤경에 처한 사람을 도와주는 게 여신이 될 우리의 사명이잖아! 세 명 다 아무것도 몰라! 나는 좋은 일을 하려는 것뿐이라고! 학원의 모든 사람에게 도움이 될 테니까!"

정신을 차려보니 나는 학교 식당에 울릴 정도로 크게 소리를 지르고 있었다.

"자, 잠깐 넵튠…. 갑자기 왜 그래? 이상하잖아. 깜짝 마크를 5~6개나 달고, 그런 캐릭터가 아니잖아."

"이상한 게 아냐! 캐릭터는 상관없다고! … 컴파는, 컴파는 알아줄 거지?

화가 가라앉지 않은 채 느와르를 바라보고, 나는 컴파에게 고개를 돌렸다.

컴파라면… 컴파만은 알아줄 거야. 나를 제일 잘 알고 있는 친구인걸.

그렇게 생각했는데.

"꺄아…. 네푸네푸. 역시 이상해요. 네푸네푸는 그렇게 무서운 얼굴로 친구를 노려보는 아이가 아니잖아요. 언제나의 네푸네푸로 돌아오세요. 안 그러면 저는… 저는…."

뭐야 이 반응은! 컴파까지 나를 그렇게 생각하는 거야?

아아, 짜증나. 짜증난다고.

아까까지 명경지수였던 마음은 어디로 간 거야.

아니, 아니야. 내가 나쁜 게 아니야. 다른 아이들이 나쁜 거야.

"이제 됐어! 나는 내가 하고 싶은 대로 할 거니까!"

쾅 소리가 나게 테이블을 치고 나는 모두에게 등을 돌렸다.

고개를 들어 보니 학교 식당에 있던 다른 아이들이 '무슨 일이지?'라는 표정으로 이쪽을 보고 있었다.

괜찮아, 아무것도 아냐, 아무것도 아니라고.

나는 모두를 위해 노력할 거야. 좀 더, 이 학원을 좋게 만들기 위해 노력할 거야. 그러니까, 그러니까….

가야 해, 린다와 함께하는 거야.

나는 달려갔다.

"아, 신경쓰지 않아도 돼츄. 그건 단순한 질투니까츄. 질투츄."

"그래요오. 넵튠씨가 너무 눈부셔서어 생각 없이 괴롭힌 걸 거에요오."

"… 그, 그럴까."

"맞아요오. 그러니까아, 와레츄가 말한 대로 그런 쪼잔한 사람들은 신경 쓰지 마세요오."

"정말로 그런 걸까."

학교 식당을 뛰쳐나온 뒤 린다와 와레츄랑 만나기로 한 약속 장소인 비밀 기지에 도착했을 때에는 내 가슴속에서 부글거리던 짜증은 거의 사라졌다.

이렇게 냉정하게 생각해 보니, 방금 전의 일은 거짓말처럼 느껴진다.

나는 왜 그렇게까지 짜증을 낸 거지?

"그건 넵튠씨가 그 정도로 진심이라는 거에츄. 진심을 다해 노력하던 게 안된다고 하니 누구나 화내겠츄요."

"하지만 나는 그런 말을 하려던 게…"

"정신차리세요오. 넵튠씨는 학원 학생들 모두의 기대를 등에 업고 있다고요오. 아, 그렇지. 그러면 다시 그 기운이 나는 주문을 걸어드릴까요오."

"주문? … 주문이란 게 뭐지?"

어제 만났을 때처럼 굳게 내 손을 잡고 있는 린다를 향해 나는 말했다.

"어머어, 이 비밀 기지 밖에서 단둘이서 이야기했을 때 해 드렸잖아요오. 이 반지를 잘 보세요오."

린다가 생긋 웃으며 끼고 있던 반지를 손에서 빼 나에게 보여준다.

반지에는 진한 보랏빛의 작은 돌이 받침대로 고정돼 있어 내 눈은 자연스럽게 그 돌에 빠져있었다.

"자, 그럼 갑니다. 눈을 떼지 말아 주세요."

린다가 손에 들고 있는 반지를 천천히 움직였다. 동시에 돌을 보고 있는 나의 눈도 좌우로 움직인다.

그러는 사이에 점점 머리가 멍해져서….

"좋았어. 잘 들으라고, 바보 학생. 이 학원 학생들은 불만이 엄청 많다고. 힘든 수업을 들은 뒤 숙제가 산처럼 쌓여있는 건 진짜로 이상하다고."

… 그렇지. 숙제 같은 건. 하고 싶지 않아. 이상해.

"쉬는 날이 적은 것도 건강을 위해서 좋지 않아. 나라면 여름 방학은 한 달 정도로 늘릴 거야."

… 응, 공부만 하고 있으면 건강에 좋지 않다고.

"그 외에는 뭐가 있지. 아, 그렇지! 학교 식당의 메뉴도 나쁘고. 특히 디저트가 꽝이라고! 그리고 쪼잔하게 굴지 말고 공짜로 주란 말이야!"

… 디저트 늘려야겠다. 그리고 공짜로 먹고 싶어.

"기숙사의 통금도 무슨 의미가 있는 거야. 밤에는 거리에 나가서 놀아야 하는 거 아냐?"

… 통금, 왜 있는지 모르겠어. 없애도 돼.

"그 정도로해츄. 너무 많이 하면 다른 바보들을 속일 만한 마력이 없어진다츄. 사장도 말했다츄, 마력이 없어지면 반지는 소리도 없이 부서지니까 조심하라고."

… 그 정도라니 뭐지?

"시끄러워, 알고 있다고. … 그건 그렇고 사장도 굉장한 걸 빌려줬는데. 도대체 어디서 구한 거야?"

"깊게 파고들지 않는 게 몸을 위해서 좋다츄. 그것보다 빨리 저 멍청한 계집애를 원래대로 되돌려야지츄.

… 멍청한 계집애도, 사장도 아니라고 나는.

나는….

"예, 끝났습니다아. 넵튠씨. 기분은 어떠세요오?"

으, 으음!?

귓가에서 갑자기 커다란 소리가 나서 나는 팔짝 뛰어올랐다. 아, 그렇지 린다의 목소리인가. 아 깜짝 놀랐네.

"기, 기분? … 아, 굉장히 상쾌한데. 의욕이 넘치는 듯한 느낌!"

"그렇죠? 이 주문, 굉장히 잘 듣는다고오, 친구들 사이에서

평이 좋아요오. 그러면 기분도 상쾌해졌으니 오늘부터 해야 할 일 말인데요오."

오늘부터 해야 할 일? 그렇지, 학생들의 목소리를 더욱더 전해야 한다는 거였지.

라고는 해도… 어떤 걸 호소해야 좋아할까? 다들.

"먼저 여러 사람들에게서 이야기를 들어봐야겠네."

"그런 건 하지 않아도 넵튠씨가 생각하는 게 바로 학생들의 바램이에츄. 마음 가는 대로 호소해츄."

"마음 가는 대로라고 말해도 곤란….'

눈을 감고 생각한 순간 내 머릿속에 몇 개인가 번뜩이는 아이디어가 떠올랐다.

"… 어어어!?"

그것들 전부, 지금 학원에 있어서 꼭 해결해야 할 중요한 과제 같다. 아니 분명 그런 거야!

예를 들면,

"숙제가 너무 많다던지, 여름방학이 짧다던지."

"아, 그거 좋네요오. 굉장히 중요한 문제라고 생각해요오."

"그렇지? 그리고 학교 식당! 디저트도 적고, 요금도 공짜였으면 좋겠어. 그리고 기숙사의 통금도 없앴으면 좋겠고. 그건 좋지 않다고. 다들 힘들어하고."

지금 생각나는 건 이 정도려나.

"과연 넵튠씨네츄. 모두가 학원을 치명적으로 좀먹는 나쁜 것들이에츄요. 이걸 바로잡기 위해서는 아픔을 동반한 구조개혁이 필요해츄. 팍팍 호소하는거츄!"

여러가지 안을 낸 나에게 와레츄가 박수를 보내며 띄워준다. 아니이, 그렇게 칭찬해주면 부끄러운걸.

그렇다고 해도, 나 혹시 천재 아닐까? 잠깐 사이에 학원의 문제를 떠올리다니, 정치가의 재능이 깨어난 건가?

"그럼 빨리이 학원의 모두에게 넵튠씨의 생각을 들려주세요오. 저도오 도와드릴게요오."

그러자! 좋았어, 힘내자!

슬슬 오후 수업이 시작되는데… 뭐 괜찮겠지! 수업보다도 더 소중한 게 있으니까!

"가자 린다! 나를 따르라아!"

"네에!"

그날부터 나는 린다와 함께 학원을 좀 더 자유롭게, 좀 더 즐겁게 개혁하기 위해 나아갔다.

우리는 매일, 아침부터 밤까지 쉴 틈도 없이 학원에 호소했다. 수업도 쉬는 시간도 휴일도 상관없이 일 분 일 초가 아까웠다.

도중에 몇 번이고 느와르와 컴파가

"그만 좀 하라고 넵튠! 지금 학원에서 널 어떻게 생각하고 있는지 알기나 해? 당장 그 린다라는 아이와 손을 떼라고!"

"네푸네푸, 부탁이에요. 하다못해… 하다못해 밤에는 좀 쉬세요. 아이짱도 걱정하고 있어요.

라고 그럴싸한 말로 방해를 하는 게 성가셨지만 그럴 때마다 린다와 와레츄가 '주문'으로 격려해 주었다.

"개척자, 파이오니어라고 불리는 사람들은 누구나 처음에는 나쁜 사람이나 바보 취급을 당하츄. 지금 넵튠짱을 '너무하다'고 두들기는 녀석들은 그 사이에 자신의 말이 부끄러운 흑역사가 되는 걸 알게 될 거에츄."

"그래요오. 거기에, 우리가 새로운 동료들을 더 많이 데려오고 있잖아요오, 다들 넵튠씨를 믿는 사람들 뿐이에요오."

응, 두 사람이 말하는 대로야.

나, 좀 더 노력해야겠어. 그렇게 하면 내가 하는 걸 인정해주는 사람들이 더 늘어날 거야. 지금은 알아주지 않아도 언젠가는 분명히 알아줄 거야."

두 사람의 말에 몇 번이고 고개를 끄덕이고, 나는 손에 들고 있던 종이를 둥글게 구겨버린다.

그 종이는 오늘 발행된 교내신문 '데일리 이스투아르'.

이 신문, 처음에는 우리의 활동을 응원하는 것처럼 쓰더니만, 최근의 기사는 너무해.

[반대 운동, 과격한 폭주. 일부 학생에 의해 더해가는 요구에 의문의 목소리]

[단순한 인기를 얻기 위해서라는 비판의 목소리가 있음에도 귀 기울이지 않는다]

[공인 활동부 연합은 지원을 끊기로 표명, 과격한 요구를 문제시]

[긴급기고! '자유로운 활동'의 의미를 착각하지 말아라!]

이렇게 전부 나쁜 말만 써 놓았다. 우리의 마음도 모르고!

그래도 그러는 사이에 알아줄 거라 믿고 나는 계속 노력했다.

솔직히 몸은 피곤했다.

잘 시간도 하루에 두 시간 정도, 기숙사에 돌아가도 내 방에 박혀 다음날의 준비를 했다. 해야 할 일은 얼마든지 있으니까.

전단지를 만들고 간판을 세우고, 방송부에 쳐들어가 게릴라 방송을 하는 작전도 생각해야지. 그 외에는… 그 외에 뭔가 없을까?

이렇게 언제나 새벽에 기절하듯이 책상에 엎드려 자고, 일어난다.

하지만 주저앉을 수는 없어. 나에게 기대를 걸고 있는 사람들이 많이 있으니까.

… 있다고 린다가 말했으니까.

"언제나의 '주문'으로 나에게 힘을 줘!"

린다는 나를 알아주니까, 내가 그렇게 부탁을 하면 생글생글 웃으며 '주문'을 걸어준다. 그러면 아주 잠깐이지만 굉장히 힘이 나.

힘이 사라지기 전에 다시 학원을 돌아다니며 모두에게 호소한다.

좋은 학교를 만들자! 즐거운 학교를 만들자!

나는 정말로 그것만을 생각했어.

그런데, 그런데….

[본지 독점입수! 반대 운동본부의 썩어빠진 실태사진!

여기저기 흩어진 술병, 담배… 그리고 위법 해적판 복제 장

치 마제콘![39]

청렴결백한 여신 후보들의 모습은, 모두 속임수였던 건가!?]

며칠 후 다시 발행된 한 장의 사진으로 우리의 반대 운동은 강제적으로 끝나게 됐다.

왜? 왜 이렇게 됐지?

이런 조작된 사진을 누가 준비했지?

"… 그렇지. 린다와 와레쥬를 만나봐야겠어. 그런 괴롭힘에는 지지 않아. 다음 작전을 생각해야지."

그날 학원의 모두가 같은 신문을 가지고 있었다.

지나가는 나를 모두가 차가운 눈으로 바라본다.

"아니야! 아니야! 나는 나쁜 일은 안 했어!"

그 차가운 표정에서 도망가기 위해, 나는 휘청거리며 교사를 나와 비밀 기지를 향해 걸어갔다.

그곳은 이제 나와 린다만의 장소.

어느새 느와르도, 벨도, 블랑도, 컴파도… 나에게 아무 말도

---

39 이 소설-게임의 메인 악역은 '의사선생님'이었죠:

하지 않게 되었다. 한동안 거의 말도 해 본 적이 없어.

그래서 최근 비밀 기지는 나와 린다뿐. 우리를 방해하는 사람들은 아무도 다가오지 않아.

린다와 만나서 다시 '주문'을 걸어야지.

"린다… 린다! 나야. 넵튠!"

문을 열고 안으로 들어간다.

하지만 내가 기대한 대답은 들려오지 않았다. 린다는 없었다.

"네프코…."

그 대신, 아이짱이 거기에 서 있었다.

입을 멍하니 벌리고 매서운 눈으로 나를 보고 있다.

"아이짱…."

나도 모르게 멍하니 아이짱의 이름을 중얼거렸다.

그러고 보니 이야기는 고사하고 아이짱의 얼굴을 본 게 며칠만이더라?

멍하니 무거운 얼굴로 그런 생각을 하고 있자 아이짱은 천천히 한 걸음씩 나에게 다가오더니,

"네프코… 미안해! 나… 늦어서 미안해…."

갑자기 나를 꼬옥 끌어안고는 말한다.

왜일까, 나를 끌어안은 아이짱의 손은 가만히 떨리고 있었다.

"아이짱… 설마… 우는 거야?"

아아, 안돼. 머리만이 아니라 몸도 무거워. 또 지금까지의 피곤이 몰려오는 건가? 확실히 쉬지도 못했고. 손가락 하나 움직

이는 것도 힘들어.

린다가 없네. 그러면 주문을 걸 수 없는데.

하지만 아이짱이 우는 걸 그냥 놔둘 수는 없어… 어쩌지.

"울지 마 아이짱… 괜찮아, 나 노력할 테니까. 모두가 즐겁게 지낼 수 있는 학교를 만들기 위해… 노력할 테니까…"

웃어주려고 했지만 안타깝게도 얼굴에도 힘이 들어가지 않는 다. 나 아직 어린데 이래서야 나중에는 어떻게 할 거야?

"네프코… 바보. 이젠 괜찮아. 노력하지 않아도 돼. … 그래, 오늘은 휴일, 휴일이야."

"… 휴일?"

"응, 휴일. 아무리 네프코가 건강이 넘친다고 해도 가끔은 쉬 지 않으면 안 된다고."

"휴일… 이로구나."

아이짱, 귓가에서 그렇게 속삭이면 숨결이 닿아서 간지럽 잖아.

내가 그렇게 말하려던 때였다.

목 뒤에 섬뜩한 감촉이 느껴져 '뭐지?'라고 생각한 순간 눈앞 이 어두워지면서 그대로 나는 의식을 잃었다.

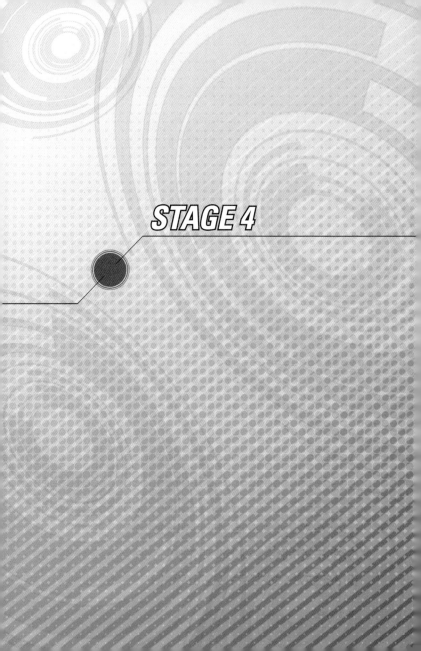

STAGE 4

1

장식이 없는 어두운 방에 놓인 침대 위에 나는 반 정도 몸을 일으킨 채 앉아 있었다.

흘끔흘끔 주변을 둘러보니, 내가 앉아 있는 침대에서 보이는 안쪽에는 몇 개인가의 병과 상자가 쌓여있는 금속 선반이 있다.

선반의 왼쪽에는 뭐라고 하지? 사무용 책상? 그런 분위기의 낡은 책상과 의자.

오른쪽을 보니 언제나 수업을 받는 교실에 있는 것과 같은 여 닫이문

… 아하, 여기는 양호실이구나. 신체검사 때 왔으니까 바로 알 아봤다.

그리고 내가 있는 침대 양옆에는 각각 한 명씩 사람이 서 있다.

왼쪽에 있는 건, 잘 알고 있는 얼굴. 벨이다. 어째서인지 굉장히 걱정스러운 얼굴로 나를 내려다보고 있다.

한편 오른쪽에는 처음 보는 얼굴. 가슴이 보이는 섹시한 검은 셔츠 위에 새하얀 가운을 걸친 여자다. 셔츠와 똑같이 검고 커다란 리본으로 포니테일로 묶은 에메랄드그린의 머리카락은 어쩌면 벨보다도 길 것 같다.

그 사람은

"안녕하세요. 저는 하코자키 치카[40]. 이 학원 양호선생이에요."

양호선생? 신체검사 때에는 수수한 아주머니 선생이었는데.

치카 선생 말인데, 벨처럼 '이에요~' 말투로 자기를 소개하더니 지금 무슨 상황인지 알 수 없는 나를 향해 갑자기 새하얀 손가락을 내민다.

"두, 두 개."

뭐가 뭔지 모르는 채, 나는 대답했다.

누가 뭐라고 해도 두 개니까. 아니, 그렇게 기세 좋게 흔들어도 두 개라고요. 피스피스.

"괜찮아 보이네요. 네, 그럼 다음에는 입을 크게 벌려 보세요."

치카 선생은 고개를 끄덕이고는 이번에는 가운의 윗주머니에서 펜라이트와 은색의 주걱처럼 보이는 걸 꺼내서 말한다.

뭐지 이건? 왜 나는 갑자기 양호선생한테 검사를 받고 있는 거지?

아무래도 조금 불안해져서, 치카 선생과 마주 보고 있는 벨을 바라보니. 벨은 나를 안심시키려는 듯 생긋 웃으며 고개를 끄덕였다.

"뭐, 상관없으려나. 여기요."

---

40 넵튠 mk2에 등장하는 린박스의 교주입니다.

그 웃는 얼굴을 믿고 나는 치카 선생을 향해 입을 벌렸다.

아앙, 이어엉 앵아여?(이러면 되요?)

아 긍 응앵으오 앙앙이응 겅 히어어, 홍잉 앙 옹아이응겅 앙아어(아, 그 은색으로 반짝이는 건 싫어요. 속이 안 좋아지는 것 같아요.)

"말하지 않아도 돼요. … 여기도 이상은 없네요. 그리고 심장에도 이상은 없으니까 괜찮겠네요. 벨 언니."

그렇게 말하고, 치카 선생은 펜라이트를 끄고 긴 머리를 폼 나게 쓸어 올리고는 벨을 봤다.

"그런가요. 고마워요. 치카, 오늘 일은 아무리 감사를 해도 모자랄 정도에요. 폐를 끼친 답례는 이번 일을 해결한 뒤에 다시 할게요. 정말로 죄송해요."

치카 선생에게 치하를 하는(?) 벨, 안심한 듯 '후우' 하고 커다란 한숨을 내쉬고 그대로 치카에게 고개를 숙여 인사를 했는데. … 그 다음이 굉장했다.

"무무무무! 무슨 소리여요, 언니! 저에게 그렇게나… 그렇게나! 고개를 들어 주세요!"

벨이 고개를 숙인 순간, 그때까지는 얼굴빛이 나쁜 것처럼 보이던 치카 선생의 하얀 피부가 티슈에 물감을 물들인 것처럼 **빨갛**게 변했다.

토마토보다도 빨간 얼굴로, 그대로 벨을 덮치는 게 아닐까 할 정도로 몸을 기울이더니,

"저에게 있어서 벨 언니의 도움이 되는 건 무엇보다 기쁜 일, 좀 더 좀 더 좀 더 의지해 주세요! 언니의 도움이 된다는 건 최고의 상이니까요!"

벨의 뺨을 양손으로 만지고 억지로 숙인 머리를 들게 하면서 굉장한 기세로 한번에 말한다.

옆에서 그걸 보고 있는 나는 슬슬 영문을 알 수가 없어서, 잠시 그 모습을 멍하니 보고 있었지만, 치카 선생의 기세는 진정될 기미가 없다!

"어린 시절부터 계속 공부만 하고, 어깨를 내리찍는 부모님의 기대에 부응하려고 진급을 계속해 의사 자격을 땄지만, 주변에는 대화를 나눌 사람도 없는 회색빛 청춘··· 이 학원에 양호선생으로 부임한 뒤에도 같은 연령의 사람들은 '선생'으로 선을 긋는 고독한 나날···"

벨의 뺨에서 떨어진 손을 연극배우나 댄서처럼 이리저리 흔들면서 완전히 자신의 세계에 들어간 듯이 말하고 말하고 또 말한다.

"그런 저의 불행한 인생에 처음으로 빛을 비춰줬던 게, 그래요. 벨 언니. 벨 언니와 처음 만난 일 년 전의 그날에 저는 맹세했어요. 저는 이제부터 일생동안 몸도 마음도 전부! 전부 언니에게 바치면서 살아가겠다고···"

전부라니···.

무슨 일이 있었는지는 몰라도 굉장한 결심을 했네, 이 사람.

"그러니까! 제발 그런 얼굴로 사과하지 마세요. 언니! 언니가 그런 얼굴을 하면 저는… 저는!"

그런 굉장한 결심을 한 치카 선생이 머리를 흐트러트리고 허억허억 숨을 내쉬며 벨에게 호소하던 그 순간이었다.

"… 아, 갑자기 현기증이…."

새빨갛게 된 얼굴에서 갑자기 핏기가 가시고, 새하얀 걸 넘어 창백해진 듯 싶더니 갑자기 무릎에서 힘이 빠진 것처럼 내가 앉아 있던 침대 위로 무너지듯 쓰러졌다.

치카 선생 극장의 너무나 갑작스러운&예상을 훨씬 뛰어넘는 종막에 모든 내가 웅성웅성, 뭐, 뭐지 이 사람….

"치카, 그렇게 흥분하니까 그렇죠. 몸이 안 좋은 건 만났을 때부터 변하지 않았네요."

"죄, 죄송해요 언니…. 제가 또…."

또? 방금 또라고 말했지? 전에도 이랬단 말이야?

어쩔 수 없네요. 라는 느낌으로 침대 반대편으로 돌아가 치카 선생을 일으키는 벨을 나는 아무 말 없이 바라보았다. 머릿속은 그야말로 대혼란.

먼저 의사가 몸이 약하다는 것도 그렇지만 일단 '선생'일 텐데 왜 벨이 위에 있는지도 모르겠다.

아니, 그 이전에 왜 침대에 누워 있는지도 모르는 채 완전히 '손님'이 된 나는 어떻게 해야 하는 거야?

"저기… 이야기 도중에 끼어들어 죄송하지만, 너무 방치된 나머지 외로울 지경인데요. 누가 저에게 설명 좀…"

나는 콧등을 문지르며 그렇게 말했다. 그때 처음으로 팔에 링거 바늘이 꽂혀 있는 걸 깨닫고 깜짝 놀랐다.

"어, 이런 게 꽂혀 있네. 이래서야 완전히 중환자처럼 보이잖아. 뭐야 이건!"

나는 내버려두고 치카 선생을 돌보고 있는 벨에게 팔에서 뻗어 나온 관을 집어 들고 '어머어머, 저기저기'라는 느낌으로 말을 건 바로 그때였다.

"벨, 들어갈게."

드르륵 미닫이문을 여는 소리가 나고는, 침울한 목소리의 아이짱이 양호실로 들어왔다.

아, 아니네. 아이짱만이 아니라 블랑이랑 컴파도 있어.

어쩐지 느와르만 보이지 않는 게 신경 쓰이지만.

"다들 이쪽이야, 이쪽!"

나는 약이 똑똑 떨어지는 관을 단 채로 모두에게 손을 흔들었다.

그러자 내 목소리를 들은 모두가 갑자기 뭔가에 반응한 듯 깜짝 놀라 이쪽을 바라본다. 그것도 다들 눈을 커다랗게 뜨고, 뭔가 보통 일이 아닌 것 같은데.

"어? 왜 그래? 그 '죽었다고 생각한 차가운 라이벌이 최종 결전 전에 사실은 살아 있는 게 알려졌습니다. 라는 전개를 맞이하게 된 주인공'같은 리액션은?"

아니, 정말로 그런 느낌이라 나는 조금 주저주저하는 느낌으로 말했다.

다들 그런 나의 모습을 진지하게 바라보며 몇 번인가 서로 얼굴을 마주보고 소근소근 이야기하고는 다시 나를 바라본다.

"돌아올 거라고 생각했어."

먼저 그렇게 이야기한 건 블랑이었었다.

"얼굴색은 나쁘지 않은걸."

이렇게 말한 건 아이짱.

"치카의 검사에 따르면 이상은 없는 것 같아요. 이제 괜찮다고 하네요."

갑자기 옆에서 끼어든 벨. 그러고 보니 치카 선생은 괜찮은 건가. 하고 생각해 옆을 흘끔 바라보니, 침대 옆의 의자에 앉은 채 축 늘어져 하아하아 괴로운 듯 숨을 쉬고 있다. 으음, 아무리 봐도 괜찮지 않아 보이는데.

"네푸네푸. 정말로, 네푸네푸 맞죠?"

라고 마지막에 컴파가 말한다. 입가를 양손으로 감추는 것처럼 가리고 영문을 알 수 없는 이야기를 한다.

"정말로 라니 무슨 소리야, 컴파? 내 얼굴을 잊어버린 거야? 다른 애들도 왜 그러는 거야? 아, 그러고 보니 나도 말인데 왜인지는 모르겠지만 이렇게 링거까지 맞고, 누가 설명 좀…."

해줬으면 좋겠어.

나는 끝까지 말할 수 없었다. 그보다도 먼저.

"네푸네푸우!"

컴파가 입을 고성능 스피커로 고친 게 아닐까 싶을 정도로 양호실 전체에 울리는 커다란 목소리로 나를 부르며 내가 앉아 있는 침대에 뛰어들었다.

"네푸네푸! 원래 네푸네푸 맞죠? 내가 좋아하는 네푸네푸! 다행이에요, 다행이에요!"

으아앗, 컴파 잠깐만! 진정하라고! 나 지금 무릎이 한순간 컴파가 낙하한 충격으로 휘어지면 안 되는 방향으로 휘어졌다고! 위험하다고!

그리고 꼭 안아주는 건 좋지만, 컴파가 이렇게 힘이 셌나? 그리고 숨 막혀! 숨 막힌다고! 아아, 폭신폭신한 가슴이 지금은 두렵다!

누가… 누가 도와줘!

II

"세뇌당했다고!? … 누가?"

"너 말이야!"

우와, 늘어져 있는 치카 선생 외에는 모두 딴죽? 손가락 네 개가 내 눈을 찌를 기세로 뻗어와 나는 "으아아"라고 소리를 지르며 이불 속에 숨었다.

잠시 후 얼굴 반쪽을 이불 방패에서 내밀어,

"정말로?"

주저하며 물어보자. 다시 모두가 동시에 '응'이라고 말한다. 농담이라든지 몰래카메라는 아닌 것 같아. 응, 정말로?

"갑자기 그런 말을 들어도 말이지, 세뇌라는 건 그거잖아? 친구의 여자친구를 좋아하게 되는데 친구의 형이 세뇌를 거는 그런 거 아닌가…."

나 자신은 믿을 수 없달까, 실감이 전혀 나지 않아서 전에 재미있게 플레이했던 모 게임의 설정을 이야기해 본다.

"… 두 번이나 배신하는 건 참아줬으면 좋겠네."

라고 말하자마자 블랑이 딴죽을 건다. 너도 했구나, 그 게임?

"지금은 그런 게임 소재로 장난할 때가 아니라고. 단도직입적으로 물어보겠는데, 네프코, 쓰러질 때까지 있었던 일을 어디까지 기억하고 있어?"

같은 게임을 플레이한 사람들끼리의 보이지 않은 실로 나와 블랑이 서로 마음을 통하고 있자, 그걸 가차 없이 가위로 잘라버리는 아이짱의 목소리.

"쓰러질 때까지라고 해도…."

아이짱의 목소리가 진지해서 나도 유머는 봉인하고 이마에 손을 대고 생각해 본다.

"느와르가 연설회를 한 게 어제인가? 엊그제였던가?"

20도가 40도가 되고 90도… 95도… 그 이상은 꺾이지 않을

정도로 고개를 기울이며 기억을 짜내자,

"연설회가 어제라…. OK, 알았어."

잘했다는 목소리와 함께 내 머리를 잡은 아이짱이 내 머리를 원래 위치로 돌리면서 말했다.

"앞으로의 일은 네프코에게는 괴롭겠지만… 먼저 이걸 읽어봐."

내 머리에서 손을 뗀 아이짱이 주머니에서 몇 장인가 접은 종잇조각을 꺼내 나에게 건넸다.

"뭐야 이건? 학교 신문?"

"며칠분의 축소 카피야. 미리 말해 두는데… 정말로 힘들면 무시해도 돼."

"괴롭다니, 아무래 내가 세 줄 이상의 문장을 읽는 걸 못한다고 해도 읽으라고 하면 학교 신문 정도는 읽을 수 있다고?"

어디, 한번 줘 봐.

흠흠, 어디 보자.

[반대 운동, 과격한 폭주. 일부 학생에 의해 더해가는 요구에 의문의 목소리]?

"뭐, 뭐야?"

어라, 이거… 여기에 실려 있는 사진, 설마 나?

아… 으음… 이거 좀, 아이짱이 말한 대로 괴로울… 지도.

두 장 째, 세 장 째 계속 읽고 있는 사이에 내 가슴은 뜨끔뜨끔에서 욱신욱신. 그러는 사이에 식은땀까지 나서… 몸이 떨려왔다.

신문에 나온 내 사진은 처음에는 건강한 분위기였다.

'숙제를 줄여줘요'라는 플래카드는 생각하는 걸 너무 직설적으로 말한 게 아닌가 싶지만 즐거워 보이는 느낌이다.

하지만 신문의 날짜가 지날수록 사진 속의 나는 점점 수척해 보인다. 은근슬쩍 자랑으로 생각하던 탱글탱글한 뺨도 홀쭉해지고, 눈도 날카로워지고. 정말로 이게 내 모습인지 의심스러울 정도다.

더욱더 지독한 건, 플래카드나 머리띠에 적혀 있는 문구. 숙제를 줄이라는 건 귀여울 정도로 '게임은 전부 공짜로 다운로드!'라는 학교와는 전혀 상관없는 것까지 있다.

이걸 전부… 내가?

"아이짱, 이제 그만두세요. 네푸네푸가 불쌍해요."

마지막 한 장을 펼치고 있는 내 어깨를 끌어안으며 컴파가 말했다.

"그, 그렇지. 미안해 네프코. 갑자기 이런 끔찍한 걸 보여줘서. 이제 됐으니까 돌려줘."

당황한 아이짱이 내가 손에 들고 있는 신문을 가져가려고 한다. 하지만 나는.

"괘, 괜찮아, 괜찮아. 다 볼게."

모든 것에 눈을 돌리고, 아이짱이 신문을 가져가 줬으면 좋겠다는 생각을 참고 마지막 한 장을 펼친다.

마지막 한 장에 커다랗게 실려 있는 사진을 본 순간, 나는 머리를 얻어맞은 듯한 충격과 함께 기억이 돌아왔다.

"여기에 실려 있는 거… 린다랑 와레츄잖아?"

떨리는 손가락으로 내가 가리킨 곳에는

[반대 운동에서 도망친 학생 두 명, 내막을 폭로하다!]

라는 제목과 함께, 눈에 검은 줄이 들어간 두 사람의 얼굴. 검은 줄이 들어가도 나는 바로 알 수 있었다. 린다는 그렇다고 쳐도 와레츄는 검은 선 같은 건 의미가 없으니까.

"기사에 따르면 이 두 사람은 네프코가 꼬드겨서 억지로 운동에 참가하고 있지만, 참을 수 없어 고발했다고 돼 있어. 하지만 그게 거짓말이라는 건 내가 알고 있어. 모두 알고 있어. 네프코를 세뇌한 건 틀림없이 이 녀석들이야."

크게 한숨을 쉬고 아이짱은 말했다.

"이 첫 번째 신문이 나오기 이틀 전 학교 식당에서 네프코랑 느와르가 말다툼했는데, 기억이 나니?"

나는 천천히 고개를 끄덕인다. 기억했다고 해야 하나, 생각해 냈다.

"컴파의 말에 따르면 그날 밤, 그러니까 느와르의 연설회와 벨 주최의 사교 파티가 있던 날, 몸 상태가 좋지 않은 와레츄라는 쥐와 린다를 데리고 비밀 기지… 크레이들에 왔다고 했어. 컴파가 와레츄를 간호하는 사이에 무슨 일이 있었지?"

"뭐라니, 으음… 린다가 내 팬이라고 말하고, 구교사 철거 반

대 이외에도 학교 학생들이 이야기하고 싶은 것들이 많이 있다
고 했어. 그 뒤엔… 그 뒤에는 어떻게 됐더라?"

응, 그렇지. 어쩐지 그 뒤부턴 기억에 있는 것과 없는 게 뒤섞
여 있다.

실려 있는 사진과 같은 일을 했다는 기억이 확실하게 남아있
는 반면, 도대체 언제 그런 준비를 했느냐든지.

"세뇌당한 건, 아마 그날 밤이겠지…."

블랑이 말한다.

"그 외에는 생각할 수 없겠네요. 네푸네푸의 행동이 갑자기
이상해진 날과도 일치하고요."

라고 벨이 말한다. 거기에 지금까지 축 늘어져 있던 치카 선생
이 힘겹게 몸을 일으키고는,

"저는 뭔가 강한 암시나 최면술에 걸린 게 아닌가 생각해요.
어딘가 생각나는 부분이 있나요?"

라며 내 눈을 바라봤다.

암시나 최면술이라, 무슨 일이 있었나. 이마에 손을 대고 고개
를 갸우뚱하고 있으려니, 갑자기 떠오르는 광경이 있었다.

그렇지, '주문'이야!

나는 린다가 예쁜 반지를 보여주면서 '힘이 나는 주문이에요'
라며 웃던 걸 생각해냈다. 그러고 보니, 와레츄가 컴파에거 어리
광을 부리는 걸 보는 것도 좀 그래서 밖에 나가서 린다와 이야기
하던 때에도 확실히…

"그거로군요. 아마도 그 반지에 마법의 힘 같은 게 있거나, 린 다라는 아이가 최면술을 하든가 아니면 둘 다겠죠."

내 설명을 들은 치카 선생이 고개를 끄덕인다.

"몇 번인가 린다가 나에게 그 '주문'을 건 것 같아…"

"일종의 의존성이 있는 주문이나 마력일지도 모르겠네요. 벨 언니의 말에 따르면 매일 뭔가에 홀리기라도 한 것처럼 제대로 잠도 자지 않고 뛰어다녔다고 하더라고요."

내, 내가 잠을 자지 않았다고? 자는 걸 엄청 좋아하는 늦잠대 장, 가능하다면 언제나 자고 싶어 하는 내가? … 믿을 수 없다.

"주문의 효과가 있는 동안에는 피곤을 느끼지 않고 암시를 건 상대가 원하는 행동을 자신의 몸도 돌보지 않고 계속한다. 효과 가 끊어지면 동시에 축적된 피곤이 나타난다. 그걸 잊기 위해 다 시 술법을 걸어줬으면 한다…. 내 생각대로라면 굉장히 악질이네 요. 위험한 약물을 먹는 것과 다를 게 없어요."

그럴 수가… 린다….

내 팬이고 나를 존경한다고 했는데, 그건 전부 거짓말이었나?

나에게 이상한 술법을 걸어서 느와르랑 벨이랑 블랑, 컴파랑 아이짱, 동호회 모두가 열심히 해왔던 걸 전부 부숴버리는 게 목 적이었던 거야?

"어, 어떻게 하지…. 나 모두에게 폐를 끼쳤어…."

나는 지금에 와서야 겨우 사태를 파악했다.

기운이 없다든가 맥이 풀리는 레벨이 아니잖아. 게임 오버나

다름없는 큰 사건을 저지른 거잖아.

아, 구멍이 있으면 들어가고 싶다는 말은 이럴 때 쓰라고 있는 거로구나.

"미안해… 미안해 나…."

양어깨에 십만 톤 정도의 무게가 걸린 것 같은 기분으로 나는 어깨를 축 늘어뜨렸다. 하지만 곧바로 그 어깨를 받쳐 주는 손이 있었다.

"네푸네푸가 나쁜 게 아니잖아요!"

"컴파…."

"그 말이 맞아. 네프코의 마음을 비집고 들어가 술법을 건 두 사람…. 게다가 네프코를 이용해 반대 운동을 물거품으로 만든 녀석들이 나쁜 거야."

"아이짱…."

"맞아요. 네푸네푸는 어쩌다가 이용당한 것뿐이에요. 힘들어 할 필요는 없어요."

"벨…."

"그러니까… 기운 내."

"블랑…."

모두가 해준 말이 십만 톤의 무게를 백 분의 일, 천분의 일, 만분의 일로 줄여 주었다. 말하면 부끄럽지만, 친구란 정말로 따뜻하다고 생각했다.

"흑흑, 이런 바보 같은 나를 용서해 주다니… 다들 고마워."

뭐야. 정말. 다들 언제나 나에게 이래저래 딴죽만 거는 주제에, 이럴 때는 또 다정하다니까. 이래서야 울 것 같잖아.

"뭘 그렇게 훌쩍거리는 거야. 네프코답지 않잖아."

"맞아요. 울보는 저 하나로 충분해요. 자, 코. 흥~ 해야죠?"

흐~응.

아, 죄송합니다. 미안하지만 휴지 한 장 더 주세요. 킁킁.

"그럼… 다녀올까. 다들 괜찮지? 계획한 대로 하자."

킁킁 코를 푸는 내 머리를 쓰다듬으며 아이짱이 말했다.

그러자 벨도, 블랑도, 컴파도 동시에 고개를 끄덕인다.

"네푸네푸, 티슈는 여기에 놔둘게요. 하지만 이제 울지 않아도 돼요. 이 뒤는 우리에게 맡겨 주세요."

"고, 고마워. … 잠깐만, 다녀온다니? 어디에 가는데?"

나와 치카 선생을 놔두고 양호실을 나가려고 하는 모두에게, 나는 당황해서 말을 걸었다.

"당연하잖아. 친구를 울리는 녀석은 혼내줘야지. 네프코 앞에서 말하기는 그렇지만 나, 이번에는 정말 화났다고, 여러 가지 의미로."

"느와르는 따로 행동하고 있어. 우리도 서둘러야지."

아이짱과 블랑이 고개를 돌리고 계속해 말한다.

"넵튠은 아직 몸 상태가 좋지 않아. 자고 있어."

"그렇게 됐어. 뭐, 이번에는 악몽이라도 꿨다고 생각하고 잊어버리라고. 쓸데없는 걸 생각해도 힘들 거고."

잠깐, 잠깐 기다려, 기다리라고!

그건 아니지, 아이짱도 블랑도.

"나도 갈 거야!"

그렇게 말하고 나는 팔에 꽂혀 있던 링거 바늘을 '이 얍!'하고 있는 힘껏 뽑고는 이불에서 뛰쳐나와 일어섰다.

순간, 조금 어지러웠지만, 근성으로 버틴다.

"아, 안돼요. 네푸네푸! 지금 네푸네푸는 자기가 생각하는 것보다 훨씬 피곤하다고요. 얌전히 치카와 함께 여기 있어요."

"걱정해줘서 고마워 벨. 하지만 그럴 순 없어. 나, 꼭 확인해야 할 게 있어."

이제 쌩쌩하다고 어필도 할 겸 나는 '엿차!'라는 기합과 함께 침대에서 뛰어내렸다.

자, 좋았어! 다리도 멀쩡하다고?

"그리고 주인공이 없으면 말이 안 되지. 무슨 일을 할 건지는 모르지만 그런 재미있는 이벤트에 나만 빼놓는 건 용서할 수 없어!"

"빼놓다니 네프코… 우리는 네가 걱정돼서 그러는 거잖아!"

"스톱! 아이짱! 거기까지만!"

"네프코!"

"부탁이야! … 부탁이니까 나도 데려가 줘. 진지하게 말하는 거야. 나도 아이짱을 울린 책임을 져야 한다고 생각해."

나는 똑바로 아이짱의 눈을 바라보고 말했다.

그 순간, 아이짱의 얼굴이 새빨개졌다.

"네, 네프코 너…"

나는 얼굴 가득 웃음을 띠고 아이짱의 어깨를 두들긴다.

"무덤을 팠군, 아이짱. '쓸데없는 거'라니 그거야말로 쓸데없는 말이라고."

"내 실수다…."

'이건 두 사람만의 비밀입니다~'라는 느낌으로 서로 마주 보는 나와 아이짱. 후후.

그걸 보고 컴파가 가만히 있지 않았다.

"뭐 뭐죠? 뭐죠? 네푸네푸도 아이짱도 그렇게 얼굴이 빨개져서. … 비겁해요. 저한테만 비밀로 하면 안 돼요."

"어떻게 할까, 아이짱? 나는 별로 상관없다고? 숨기지 않아도 되고. 아, 이렇게 말하는 사이에 선명하게 기억이 되살아났다. 그때 비밀 기지에서 나를 기다리고 있던 아이짱은 너무나도…"

"으아, 으아!! 더 말하면 때릴 거야, 할퀼 거야, 저주할 거야!"

"그럼 따라가도 괜찮지?"

"머머머멋대로 하라고!"

좋았어, 그렇게 나와야지.

그럼 어디로 가는지는 모르겠지만, 가면서 이야기를 들어야겠네. 그럼 가자 바로 가자!

나는 아이짱의 어깨에 손을 얹은 채로 둘이서 사이좋게 양호실 문을 열었다.

"아앙, 아이짱. 안돼요. 네푸네푸와 둘만의 비밀이라니 비겁해요! 저한테도 가르쳐 주세요!"

"네푸네푸도 아이짱도… 무슨 일이죠?"

"… 어쩐지 알 것 같아. 이것도 청춘이지."

뒤에서 컴파와 벨, 블랑이 따라오는 걸 확인하고, 나는

"그럼 치카 선생. 고마웠습니다."

양호실에 남은 치카 선생에게 인사를 하고 걸어간다.

"네네, 고맙기는요…. 잠깐, 여러분 기다려 주세요! 벨 언니! 설마 이번에 내 출연은 여기서 끝나는 건가요? 그런 이야기 전 들은 적 없어요! 잠깐만!"

"단역이니까."

라고 가차 없이 말하는 블랑과

"치카에게는 우리와 선생 사이를 이어줘야 하는 중요한 일이 남아 있어요. 그러니까 너무 흥분하지 말아요."

위로하는 벨의 목소리가 스테레오로 들려왔다.

III

양호실을 나와서 알게 된 건, 이상할 정도로 사람이 적다는 것.

그도 그럴 것이 물어보니 오늘은 일요일. 학교가 쉬니 사람이

적은 것도 당연하구나.

당연하지만 린다가 건 '주문'… 아니 이제는 확실히 세뇌, 최면술이라고 해야 하나? 어찌 됐건 술법 탓에 요일 감각이 완전히 없어져 버린 나는 자신과 주변과의 엇갈림을 맞추는 데만도 힘이 든다. 정말로 귀찮네.

"그런데 내가 힘이 다해서 쓰러진 지 얼마나 지났어?"

그렇게 커다란 소리는 아니지만 우웅 하고 소리가 울리는 복도를 걸어가며 내가 물어보자

"하루 좀 지났어."

간단하게, 블랑이 대답한다.

"하루…?! 뭔가 애매한데. 아깝다고나 할까."

그렇게 말하고 나는 딱 하고 손가락을 울렸다. 그 소리조차 크게 울린다.

"아깝다니, 뭐가 아깝다는 거야?"

"이런 때에는 역시 3일이 흔하잖아? 건강하고 귀여운 히로인에게 '괜찮아? 사흘이나 자고 있었어' … 이게 중2병 판타지의 이데아라고."

"이데아… 인가요? 네푸네푸, 어려운 말을 알고 있네요."

"그렇지? 칭찬해줘."

"굉장해요. 좋아 좋아, 착한아이 착한아이."

"에헤헤."

이런 느낌으로 나의 말에 넘어온 컴파와 오호호깔깔깔거리고

있자

"저기…."

한 걸음 먼저 걷고 있던 아이짱이 이쪽을 돌아보며,

"훌쩍거리는 것보다는 훨씬 낫지만, 조금은 위기감이나 긴장감을 가지는 건 어떨까, 네프코?"

검지를 내밀어 내 이마에 몇 번이고 고속 딱콩을 먹였다.

"아야야. 내 머리는 수박이 아니야. 16연타 한다고 갈라지지 않는다고."[41]

"또 말해만 봐라, 또 말해만 봐."

두두두두두. 아야야야야. 미안합니다. 미안합니다.

"어머어머 아이짱. 그 정도로 해두죠."

"그래그래…."

점점 더 격렬해지는 공격을 보다 못해 끼어든 벨과 블랑이 나에게 달라붙어 있는 아이짱을 떼어내 주었다.

휘유, 위험했어. 이대로 계속하다가는 '타와바!'라고 말하면서 그대로 Z 지정 표현이 나올지도 모르니까.[42]

"무리해서라도 본인이 원하는 것처럼 이틀은 재워뒀으면 좋았을 것 같네요."

"뭐어, 그렇게 흥분하지 마. 내가 긴장감이 없는 건 여느 때와 똑같잖아? 이 며칠간이 이상했던 거고. 이게 평상시라고."

---

41 다카하시 명인의 16연타. 실제로 저런 장면이 영화에 나옵니다.
42 북두의 권, 자매품으로 '아베시!', '히데부!' 와 '우와라바!'가 있습니다.

"본인이 말하지 마! … 이건 미리 말해 두는 게 좋겠어. 괜한 정보를 들어서 동요하면 어쩌나 해서 가만히 있으려고 했지만."

"응? 뭘?"

"네프코가 퇴학의 위기에 처했다는 걸."

"뭐야, 그런 거야?"

….

뭐라고요오! 어어어어떻게 된 일이야!

"… 클리셰지."

아니 블랑, 그런 말은 괜찮으니까, 클리셰라든지 그런 건 됐으니까.

아까까지의 자신은 커다란 마음의 찬장에 올려두기로 하고, 나는 다시 한 번,

"어떻게 된 거야!"라며 아이짱의 어깨를 잡고 흔든다.

"알기 쉬운 성격이네."

흔들리는 탓인지 선풍기 날개에 대고 '아~'라고 할 때처럼 목소리를 내면서

"어쨌거나 그만 흔들어. 걸어가면서 이야기하자."

라고 아이짱이 말했다.

그리고 나는 한동안 얌전히 아이짱의 이야기에 귀를 기울였다. 내용을 요약하는 게 어렵지만, 열심히 요약해 설명해 보자면 이런 이야기였다.

하나. 세뇌당한 내가 엉망진창으로 일을 한 덕분에 구교사 철

거 반대 운동은 '그런 거 없다'상태 일보 직전. 바람 앞의 등불.

둘. 하지만 아이짱의 조사로 떠오른 어두운 그림자. 아이짱이 반대 운동을 시작하자마자 모습을 자주 보이지 않은 건 철거 계획이 발표되었을 때부터 뭔가 수상함을 느끼고 조사를 했기 때문이라고 한다. 역시 아이짱은 뭔가 다르다니까.

그리고 셋. 하지만 아이짱이 뒷사정을 알아내는 것보다 한발 빠르게, 그 지독한 비밀 기지의 조작사건이 학교 신문에 나서 구석에 몰리게 된 거야.

그게 지난 회에 일어난 세 개의 사건. 뭐가 지난 회고 뭐가 이번 회인지는 말하는 저도 잘 모르겠습니다.

거기다가 나는 일을 저지른 쪽이고 조종당한 쪽이라 실감이 나지 않아 곤란하다.

하지만 여기서 다시 대화에 끼어들면 나중에 큰일이 날 것 같아 가만히 듣고 있자니,

"십중팔구… 아니 십 중 십. 100%. 그 사진을 조작한 건 린다와 와레츄야. 데일리 이스투아르는 제대로 된 취재를 이념으로 삼으니까…. 어쩌면 네프코처럼 속았는지도 몰라. 사정이 어떻게 되었든 학장 대행은 이제 기고만장. 네프코를 퇴학시키고 남은 우리는 정학을 시킬 것 같아. 그 사이에 재빨리 철거를 시작하겠다는 속셈이겠지."

학장 대행이 뭘 노리고 있는지는 바로 알 수 있었다. 아이짱은 오른손으로 주먹을 쥐고 왼손을 펴서 가슴 앞에서 펀치를 날리

며 입술을 깨문다.

"정식 처분은 며칠 안에 결정이 날 거에요. 그때까지 우리는 누명을 밝히고 흑막에게 역전의 헤드샷을 먹일 필요가 있겠죠."

아이짱의 뒤를 이어 벨이 게이머다운 비유를 들어가며 말했다. 빵 하고 라이플을 쏘는 흉내는 덤.

그렇구나. 힘들겠는걸.

그렇게 내가 고개를 끄덕일 때에는 주변의 풍경이 많이 달라져 있었다.

어디를 어떻게 걸었는지 어느 사이엔가 교사를 나와 둘러보니 거기는,

"린박스 기숙사잖아."

라고 내가 말한 대로 린박스 기숙사 앞에 있었다. 역전의 헤드샷과 린박스 기숙사가 연결이 되지 않아 잠자코 있자니

"어디서 누가 보고 있을지 모르니까."

가만히 현관문을 연 블랑이 가만히 서 있는 내 손을 잡아끌었다.

"빨리 벨의 방에 가자."

당황하는 내 손을 잡아끌며 블랑은 척척 걸어간다.

"안타깝지만, 지금 우리는 학교의 모두에게 미움을 사고 있어요. 일요일이니 기숙사에는 사람들이 많이 있거든요. 쓸데없는 트러블을 일으키기 전에 빨리 가요."

내 뒤에 착 달라붙어 걸어가던 컴파가 귓가에 속삭이듯 말

한다.

"으, 응."

그런 말을 들으니 나도 가만히 따라갈 수밖에 없다.

누구에게도 다정하고, 반 친구들에게도 인기 만점인 컴파. 그런 컴파의 입에서 '미움을 사고 있다' 라든지 '쓸데없는 트러블'이라는 말이 나오다니, 충격이었다.

컴파가 그런 말을 할 정도로 위기구나…. 인제야 겨우 아까 한 이야기가 실감이 나서 발걸음을 빠르게 한다.

"도착했어. 괜찮아. 아무도 없어."

닌자… 라기보다는 도둑처럼 슬금슬금 이동해 벨의 방 앞에 도착하자, 블랑이 주변을 둘러보고 말했다.

그대로 안으로 들어간다.

들어간 난 깜짝 놀랐다.

"우와아, 어두워!"

나도 모르게 그렇게 소리를 지를 정도로 방 안은 어두웠다. 눈이 부실 정도로 새하얀 색은 어디로 간 거지.

처음에는 전기가 꺼진 거라고 생각했지만 그건 아니었다.

벽 전체를 일부러 어둡게 한 것이다.

눈이 익숙해지자 새까만 어둠 속에 푸르스름하고 작은 문자나 숫자가 가득 떠 있는 모습이 보인다. 그 외에도 네모난 칸으로 나뉜 게 있는데…. 무슨 표 같은 건가?

"아, 돌아왔구나."

"에… 넵튠?"

그 문자와 숫자와 표의 바다에서 들어본 적이 있는 목소리와 없는 목소리가 하나씩 들려온다.

목소리는 둘 다, 방 한가운데에서 났다. 전에 벨과 내가 댄스 게임을 했던 자리다.

"왜 넵튠까지."

들어본 적이 있는 목소리, 느와르가 당황스러운 목소리로 말했다. 아, 그렇지 원래는 나를 빼놓고 뭔가 하려고 했었지.

"여러 가지 일이 있어서 왔어. 에헤헤, 안 돼 느와르. 주인공을 빼놓다니, 그렇게는 안 되지."

나는 씨익 웃으며 그렇게 말하고, 느와르가 있는 곳으로 다가간다.

하지만.

"네가 넵튠이구나, 처음 보네. 내 이름은 진구지 케이[43]. 잘 부탁해. 가볍게 케이라고 불러도 돼."

그런 나의 웃는 얼굴에 먼저 반응한 것은 느와르가 아니라 들은 적이 없는 목소리의 주인공이었다.

"자, 잘 부탁해."

내민 손을 붙잡고 나는 빤히 그 사람, 아니 그 아이를 바라봤다. 나이는 아마도 동년배. 키는 나와 비슷한 정도일까. 딱 눈과

---

43 초차원게임 넵튠 mk2 출전. 라스테이션의 교주입니다.

눈이 같은 높이고 말이야. 변신한 느와르보다 조금 진한 은발을 짧게 정돈하고 눈가는 시원스럽다.

그렇군⋯. 이건⋯ 제법인데?

"느와르, 이런 남자친구가 있다니. 들은 적이 없는데."

정말이지 여간내기가 아니라니까, 이 녀석~ 이라는 느낌으로 나는 느와르의 옆구리를 쿡쿡 찔렀지만

"⋯ 아닌데."

짝, 하고 귀찮다는 듯 내 손을 쳐내며 느와르는 고개를 저었다.

"케이는 여자아이야, 이래 봬도."

"어? 거짓말?"

여자아이? 그럴 리가! 나는 다시 한 번 케이군이라고 생각했지만, 실은 케이짱이라는 그 아이를 바라봤다.

"하지만 남학생 교복을 입고 있잖아? 넥타이도 하고."

"여자가 남자 제복을 입으면 안 된다는 교칙은 없어. 이쪽이 나한테는 움직이기 편하거든. 단순한 효율의 문제야."

내 말에 케이가 가볍게 대답했다.

"머리도 짧잖아."

"너도 예의상으로도 길다고는 말 못 하잖아. 숏컷은 신기한 것도 아니고."

"나(보쿠)라고 했잖아."

"교내 방송을 하는 애도 여자지만 일인칭은 '나(보쿠)'라고. 나

는 내 정책상 쓰고 있지."

"말투…."

"원래 이런 성격이야. … 이제 물어볼 건 없지?"

잘난 체를 하는 건 아니지만 묘하게 쿨하다고나 할까.

없지? 라는 말을 들으면 억지로라도 뭔가 물어보는 게 내 성격
이라

"그럼 느와르와는 무슨 관계야?"

라고 물어보니.

"그건 상상에 맡길래."

라고 하는 거야. 왜 그것만 얼버무리는데!

"하나 정도는 미스터리한 부분이 있는 게 재미있잖아? 그럼
다른 건?"

아뇨, 이제 됐습니다.

뭔가 놀림당한 기분이 들어서 나는 고개를 휘휘 저었다.

"그럼 다시 한 번, 잘 부탁해. 그리고 너희가 내 친구들에
게 도움을 준 것에 대해 고맙다는 인사를 하고 싶어. 정말로 고
마워."

"감사? 무슨 소리야?"

"전산 동호회의 부회장이 너희에게 반대 운동의 선봉에 서달
라고 의뢰했잖아?"

"그, 그랬는데. 그게 뭐?"

케이의 말에 나는 눈을 크게 떴다.

"사실 전산 동호회의 회장은 나야. 공인 활동부로 해도 되지만, 그러면 여러 가지 귀찮은 일들이 있어서 일부러 동호회로 만들었어. 그건 넘어가고, 본래의 활동은 세계의 정보를 수집, 분석, 정리해 비즈니스에 도움이 되기 위한 시스템을 구축하는 것. 하지만 회장인 내가 예전에 간호과와 보통과에서 했던 직업 체험 수업차 갔던 증권회사에 그 자리에서 헤드헌팅되는 바람에, 기한 동안 업무 개선을 도와주는 동안 운영은 부회장에게 맡기고 나는 메일로 앞으로의 방침에 대해 조언을 했어."

아…. 저기. 음, 그러니까….

"그래서?"

"학장 대행이 이전부터 이상한 움직임을 보이는 건 나도 알고 있었어. 그래서 동호회 홍보와 학장 대행의 견제를 겸해 여신 후보과에 게임형 훈련 시뮬레이터를 만들어 판매하러 가보라고 지시했어. 안타깝게도 견제는 효과가 없었던 것 같지만, 너희가 철거 반대 운동에 협력해 준다는 다른 효과를 얻었지. 하지만 저쪽이 설마 저렇게 노골적으로 손을 쓸 거라고는…. 즉슨, 그렇게 된 거야."

과연, 모르겠습니다!

'이렇게'든 '저렇게'든 모르겠다고!

이 아이, 느와르나 아이짱하고 다른 방향으로 머리가 좋다고 나 할까? 어찌 됐든 내가 모르는 방향으로 이야기를 끌고 가는 것 같은데?

"아아, 항복! 누가 도와줘!"

내가 머리를 긁적이며 부여잡고 있으려니,

"넵튠의 8비트급 뇌에 세 줄 이상의 정보를 두 번 연속으로 넣으려 해도 안 돼 케이. 넵튠, 이쪽을 봐."

케이의 어깨를 톡톡 두들기며 느와르가 말했다.

느와르가 말한 대로 느와르를 향해 고개를 돌리자

"케이는 우리 편. 나랑 아는 사이야. 어려울 때 힘을 빌려줬어. 그것뿐이야, 됐지?"

훌륭해, 한 줄로 확실히 설명해 줬어.

"오오, 알기 쉽다!"

이거라면! 나도 짝, 하고 손뼉을 치며 수긍했다.

"흠, 흥미로운데. 필요 최소한의 정보 공유만으로 성립하는 신뢰 관계인가…. 느와르, 한동안 못 본 사이에 친구를 만드는 게 익숙해졌구나."

그걸 바라보던 케이가 살짝 웃는 얼굴로 말했다. 남자아이 같은 분위기지만 웃는 얼굴은 귀엽다고 생각하고 있으려니,

"무, 무슨 그런 말을 제멋대로! 나, 나는 별로 그럴 생각은…. 바보에게는 바보라도 알아들을 수 있게 설명을 해주는 것뿐이라고!"

아, 나왔네요. 나왔습니다. 느와르의 새침 모드.

"또 그러는 거야? 부끄러워하기는. 우리가 좋은 사이라는 건 모두 알고 있잖아."

"컴파라면 모를까 어째서 넵튠이 그런 말을 하는 거야! 그, 그리고 자기가 잘못했다는 자각은 있는 거야? 네가 세뇌를 당한 덕분에 우리까지 비난받은 건 알고 있지? 이것만은 확실히 말해 두지만 너에게 휘말려 정학을 당하면 수석 졸업이라는 목표에 상처가 난다고. 나는 그게 싫은 것뿐이야! 알았어?"

"알았어, 알았습니다. 하지만 그런 긴 대사, 숨도 쉬지 않고 한번에 말하지 않아도 되잖아."

"알긴 뭘! 왜 그렇게 '따뜻한 눈으로 바라보고 있습니다'라는 느낌으로 히죽거리는 거야. 그만두라고. … 정말, 이게 싫어서 넵튠이 자는 동안에 전부 끝내려고 했는데!"

그 자리에서 발을 동동 구르며 폭발할 것 같은 기세로 느와르가 말하고는 흥, 하고 얼굴을 돌린다.

하지만 그렇게 새침하게 굴어도 웃지 말라는 건 곤란하다고 느와르.

나, 굉장히 기쁘거든. 느와르가 언제나처럼 대해 줘서. 그건 내가 엄청난 실수를 한 것까지 포함해서 언제나처럼 대해 주겠다고 생각하는 거니까.

"아아, 진짜! 이 이야기는 끝! 전부 모였으니 할 일이나 빨리하자고!"

느와르가 내게서 얼굴을 돌린 채로 말했다. 동시에 벽을 향해 한 손을 올리고 보이지 않는 창을 닦는 것처럼 손을 움직인다.

그러자 주변의 벽에 가득 비치던 숫자와 표 몇 개가 슬금슬금 움직이더니 그 자리에 있는 사람들이 보기 쉬운 곳으로 모인다.

"케이, 설명해 줘."

"알았어. 그럼 슬슬 본론으로 들어갈게. 여기에 나온 표는 학장 대행 개인 자금의 흐름이야. 시간이 없으니까 자세한 건 생략하지만, 꽤 교묘하게 위장된 걸 보면 아마도 뒷돈이겠지."

느와르의 재촉에 케이가 입을 열었다.

"갑자기 이 방의 컴퓨터 시스템을 빌리고 싶다고 한 건, 그걸 조사하려고 했던 거로군요."

느와르와 같은 동작으로 표 한 장을 옮기던 벨이 말했다.

"구교사의 출입이 금지됐을 때부터는 전산 동호회의 시스템을 사용할 수 없어서 시간이 걸릴 것 같았는데, 이 시스템이 상상 이상으로 굉장해서 도움이 됐어. 게임을 위해서만 쓰는 건 아까울 정도로."

"당연하죠. 제 넉 달 치 용돈을 모아 투자해서 커스터마이즈한 최신 제8세대 OS로 움직이는걸요. 용도의 범용성은 세계 최고라고 할 수 있죠."

넉 달 치 용돈으로 방을 이만큼 개조 할 수 있다는 건 스케일이 큰 건지 작은 건지. 여전히 벨의 감각을 서민인 나는 이해할 수 없다. 뭐어, 도움이 됐다면 다행이지만.

"이걸 보면 학장 대행에게 대량의 자금이 들어온 건 마제콘느 학장이 의식을 되찾았다는 정보가 들어왔을 때부터야. 그리고 바로 학장은 구교사 철거를 결정했어. 즉, 공사를 맡은 업자와의 유착이겠지."

술술 설명하는 케이, 간당간당하게 세 줄이네. 어떻게든 내 머리에 들어간다.

"공사… 업자…"

블랑이 기억을 되짚는 것처럼 중얼거린다.

"주식회사 매직 컴퍼니."

잠시 후 블랑이 손뼉을 짝 치면서 말한 그 이름에 케이가 가만히 고개를 끄덕인다.

"매직 컴퍼니. 최근 급격하게 사업을 확장하고 있는 건설회사지. 하지만 좋은 평판은 듣지 못하고 있어. 블랑은 그 이름을 어디에서 들었지?"

"화려한 스포츠카 옆에 있던 촌스러운 봉고차."

그 이야기를 듣고 나를 포함한 전원이 '아아'하고 고개를 끄덕인다.

있었지 있었어. 교회를 우리의 비밀 기지로 개조하기 전. 확실히 스포츠카와 봉고차를 봤어.

"그건 나도 독자적으로 조사해 봤어. 좋은 평판이 어쩌고 하는 문제가 아니라고, 그 회사. 거의 조폭과 같은 수준이야. 그 악덕 건설회사에서 학장에게 돈을 주고 있었구나."

라고 아이짱이 말한다. 위험하지만 아직 세 줄 이내, 세이브 세이브.

"하지만 결정적인 증거는 없어. 그 부분은 적도 제법이야. 물론 나도 시간만 있다면 전부 밝혀낼 수 있지만. 지금은 그럴 시간이 없어. 그래서 벨에게 부탁한 게 있는데, 구했어?"

"교직원동의 보안 키는 치카가 빌려줬어요. 설마 학장 대행도 양호교사와 학생이 이렇게 사이가 좋은 줄은 몰랐겠죠."

벨이 그렇게 말하며 웃는다. 그러고는 우아한 손놀림으로 가슴 사이에서 한 장의 크레디트 카드 같은 걸 빼낸다.

굳이 거기에 숨겨둔 건, 아마도 '가슴에서 꺼낸다'는 걸 해보고 싶었던 것 같아.

하지만 보기에도 팍~ 하고 오는 게 있고, '요염'한 분위기의 웃음과 콤보로 확실히 임팩트가 있네.

"너와 치카 선생과의 관계는, 굳이 물어보지는 않겠어."

저는 굉장히 신경이 쓰이는데요.

나중에 꼭 캐물을 테니까 각오해.

"어쨌거나 이걸로 다음 방법을 쓸 수 있어. 아이에프와 느와르는 이대로 여기서 내 보좌를 부탁해. 학년 수석과 에이전트과의 에이스가 힘을 빌려준다면 내일까지 부정 자금에 대한 움직이지 않는 증거를 확보할 수 있을지도 모르니까."

"케이의 보좌는 마음에 들지 않지만, 협력을 부탁한 건 나니까 이번에는 그렇게 할게. 아이에프도 괜찮지?"

"에이스라고 추켜세우는 그 속이 뻔히 보이는 게 마음에 안들어. 그리고 뭐랄까, DNA 레벨에서 네 말을 듣고 싶지 않지만… 솜씨도 보고 싶으니 어디 한번 해 볼까."

"개인적인 감상을 빼고 판단하는 건 좋은 소질이야. 오히려 이런 비즈니스 프렌들리한 관계가 나도 거리낌이 없어서 좋고. 잘 부탁해."

어, 어어… 뭐지. 벨의 왕가슴 카드도 그렇고, 아까부터 좋은 템포로 흘러가잖아. 이 어른스러운 분위기가 감도는 대화라니…. 멋지다. 영화 같아.

좋겠다, 좋겠어. 나도 끼고 싶다!

"… 그럼, 넵튠."

라고 생각한 순간 왔다!! … 가 아니지. 이럴 땐 어른스럽게… 왔네요! 나에게도 어른의 찬스가!

"왜, 왜 그래?"

"이번에 너는 제일 큰 피해자라고 할 수 있어. 너의 선의를 악용한 녀석들에게 복수할 기회를 주도록 하지."

이거다! 여기서는 대답이 중요하겠지. 어른… 나는 어른이다. 잘나가는 어른이다. 벨처럼 우아하게!

"어머, 기쁘구크허럽…."

깨, 깨물었다!

네푸네푸 완전히 혀를 깨물었습니다! 아아, 아아아…. 이 중요한 장면에서!

"왜 머리를 끌어안고 몸부림치는지는 모르겠지만…. 어쨌든, 설명해도 되겠지?"

네 해 주세요. 이젠 아무래도 좋습니다.

아, 그리고 가능하면 세 줄 이내로 부탁드려요.

"네 마음은 알아…. 걱정하지 마."

그렇게 말하며 내 어깨를 두드리는 블랑의 손이 굉장히 따뜻했습니다. 끝.

IV

"모두 다 모였지."

오래간만에 변신을 한 나는 모인 사람들을 둘러보며 말했다.

"네. 무사히 집합… 했는데, 네푸네푸는 계속 변신한 채로 갈 거예요?"

컴파가 그렇게 대답하고는, 이상하다는 듯 고개를 갸우뚱했다.

"응, 이 모습이라면 어두워도 잘 보이니까. …그런데 컴파야말로 진짜 그 옷을 입고 갈 거야?"

의상, 이라고 말하며 턱으로 가리킨 건 컴파가 지금 입고 있는 특이한 옷이다.

함께 가는 벨과 블랑도 같은 옷을 입고 있는데, 그 옷은 내 코스튬처럼 몸에 짝 달라붙는 타입의 옷이었다. 장식이라고는 전혀 없는 심플한 디자인이지만, 허리에 감고 있는 화려한 색의 스카프가 팔랑거리며 존재를 주장하고 있다.

"이거… 말인가요? 하아아, 몸의 라인이 너무나 확실히 보여서 조금 부끄러워요…. 다들 변신하면 이런 느낌인가요?"

가슴에 손을 대고 몸을 꼼지락거리면서 컴파가 말했다.

확실히, 익숙하지 않은 컴파에게는 심한 복장일지도 모른다.

하지만 이걸 만든 느와르가

"이 의상은 말이지, 먼 옛날 중요한 미술품이나 보석만을 노렸던 '고양이의 눈동자'라는 미녀 괴도 길드의 멤버[44]가 입었던 걸 재현한 거야. 그녀들이 훔친 물건의 총액은 일설에 따르면 6억 골드 정도라고 알려지고 있어. 움직이기 쉽고 실용성도 좋으니까. 이번 미션에는 최적이야!"

라고 자신만만하게 건네주는 바람에 사람이 좋은 컴파는 거절할 수 없었던 모양이다.

"부끄러워하지 마세요 컴파. 잘 어울리는데요. 이런 건 반대로 당당하게 있는 게 부끄럽지 않아요. 자 이렇게 가슴을 펴고."

"그, 그렇게 대담하게…. 이, 이렇게요?"

"좋네요. 다음에는 허리에 손을 얹고 한쪽 발에 체중을 싣고 섹시하게!"

"세, 섹시. 저저, 섹시해요!"

"바로 그거에요. 중요한 건 자신감이에요. 그 가슴에는 많은 자신감이 담겨 있다고 생각해 주세요!"

---

44   호조 쓰카사의 캣츠♥아이. 극화체에 모에선을 쬐면 세인트 테일이 됩니다.

컴파를 배려하는 건지 위로하려는 건지, 벨이 포즈 지도를 해 주는 걸 블랑과 둘이 한동안 바라보고 있었지만⋯.

어째서인지 그 포즈가 하나같이 가슴을 강조하는 거라 보고 있는 쪽이 조금 부끄럽다.

"크, 으으윽⋯ 아앗! 제길! 제기랄!"

그리고 그걸 보고 있는 사이에 어째서인지 스트레스가 쌓인 블랑이 어두운 성격으로 돌아와 폭발하는가 했더니, 내 옆에서 자기도 변신을 한다.

"왜 블랑까지 변신하는 거야? 의상이 버티지 못하잖아."

"시, 시끄러워! 어, 어차피 비슷한 옷이면 익숙한 옷인 게 좋다고!"

그렇게 블랑은 말하지만, 나는 그 말을 듣고 블랑이 변신한 진짜 이유를 알 수 있었다.

마음은 알 것 같다.

하지만 블랑, 2센티미터 차이는 거의 오차 범위 내라고?

하지만 그걸 지적하는 것도 불쌍하고, 아까 내 마음을 알아채고 위로해 준 것도 있고⋯. 그렇지, 여기서는 나도 신경을 써 주는 게⋯.

"블랑, 걱정 마."

나는 블랑에게 아까 블랑이 한 말과 똑같은 대사를 말했다. 똑같이 어깨를 두드리며.

다음 순간, 귀신같은 얼굴로 주먹을 치켜 올리는 블랑의 모습이.

왜, 왜? 모르겠어⋯. 모르겠다고.

"한 번 더 순서를 확인하죠."

교직원동은 귓속이 시끄럽게 느껴질 정도로 고요함에 감싸여 있었다.

시간은 심야를 가리키고 있었다. 여느 때의 나라면 완전히 꿈나라에 있을 시간이다.

변신해서 강화된 내 시력은 그런 심야의 암흑 속에서도 확실히 모두의 얼굴을 볼 수 있다. 나는 세 명의 얼굴을 바라보며 말했다.

"벨, 지도."

"네."

짝 달라붙는 레오타드의 압력으로 한층 깊어진 가슴골에서 벨이 네 조각으로 접은 종이를 꺼낸다.

역시 저기에 숨겨뒀네. 생각한 대로야.

"어두워서 안 보여요."

"컴파. 암시 고글의 스위치를 안 켰네요."

"어, 어떻게 하면 되나요?"

"으음, 이걸 이렇게⋯."

잠시 어둠 속에서 벨과 컴파의 대화가 계속되고는,

"아, 보여요. 와아, 세상이 녹색으로 보이네요."

안심한 듯한 컴파의 목소리가 들린다.

그쪽을 돌아보니 컴파도 벨도 헤드기어에 쌍안경을 붙인 것 같은 묘한 기계를 장비해서 그런지 이상한 얼굴을 하고 있다.

"계속 해도 되지?"

"아, 네. 괜찮아요."

나는 컴파가 무거워 보이는 얼굴로 고개를 끄덕인 걸 확인하고, 벨이 꺼낸 지도를 손가락으로 가리켰다.

"지금 우리가 있는 곳은 이 교직원동 1층에 있는 창고 안이야. 여기서 나가 안쪽의 비상계단을 올라가 5층의 학장실로. 거기서 학장 대행과 매직 컴퍼니가 연관돼 있다는 증거를 찾는 거야."

"가능하면 조작 사진의 증거도."

내 말에 블랑이 덧붙인다.

"정말로 그런 걸 찾을 수 있을까요?"

불안하다는 듯, 컴파가 말한다. 나는 고개를 저었다.

"모르겠어. 하지만 가능성은 있다고 생각해."

"케이씨가 말했어요. 사람은 무언가 뒤가 켕기는 일을 할 때에는 자신을 지키기 위한 보험이 필요하게 된다고. 그걸 믿는 수밖에 없군요."

"눈에 띄는 건 전부 가져가면 돼. 나중에 케랑 아이짱이 뭐든 할 테니까."

지금은 쓸데없는 생각은 하지 말고 할 수 있는 일을 하면 돼. 그런 마음으로 나는 말했다. 그걸 듣고 내가 무리하는 것처럼 보였는지,

"네푸네푸, 무리하면 안 돼요. 아직 상태가 안 좋으니까."

컴파의 불안한 표정은 사라지지 않는다.

"고마워, 괜찮아."

나는 컴파를 달래기 위해 살짝 미소를 지으며 말했다.

걱정해 주는 건 좋지만, 모두에게 어리광을 부리고 있을 수만은 없다.

"변신 전의 나는 은밀한 행동이나 잠입 공작은 어울리지 않아. 이번에는 절대로 실패할 수 없으니까, 이대로 갈 거야. … 그리고."

"그리고… 뭔가요?"

"아니, 아무것도 아니야. 가자."

세 명을 재촉해 나는 선두에 서서 숨어 있던 창고에서 나왔다.

허리를 숙이고 고개를 들지 않은 채 교직원동의 복도를 나아가자, 전방에 유리로 된 자동문이 나타났다.

방금 우리가 있었던 창고를 포함한 복도와 현관은 누구라도 자유롭게 들어갈 수 있지만, 그 이상 더 가면 출입 제한이 있다. 교직원들만 가지고 있는 시큐리티 키가 없으면 안으로 들어갈 수 없게 돼 있다.

여기서 나설 게 벨이 치카 선생에게 빌려 온 그것. 여기에 오기 전에 벨에게 받아 지금은 내가 가지고 있다.

"그럼 간다."

내 양 옆에 대기하고 있던 모두를 바라보면서 나는 벨이 한 것처럼 가슴 사이에 꽂혀 있는 카드형 시큐리티 키를 꺼냈다.

"서, 설마, 네푸네푸가 변신한 채로 온 건…"

"이걸 해보고 싶어서… 는 아니겠지?"

"… 쳇, 시시해."

체온으로 따뜻해진 카드를 검지와 중지 사이에 끼고 자동문 옆에 있는 리더에 카드를 긁는다.

삑, 전자음과 함께 카드가 인식돼 자동문이 좌우로 열리는 걸 확인하고

"그럼 서두르자."

뒤를 돌아보며 손짓한다.

"완전히 스파이 영화 같네요. 여기는 군용 기지나 비밀 연구 시설이 아니라 보통 학교지만요."

"기분 문제야. 기분. 어쨌거나 서두르자."

선두에 나. 두 번째가 컴파. 세 번째는 벨, 마지막이 블랑. 아까처럼 허리를 굽히고 조용히, 하지만 재빠르게 이동한다.

소리와 빛이 나는 엘리베이터는 피하고, 계획대로 건물 안쪽에 있는 계단을 올라간다.

정확하게 말하자면 나는 도중에 숨이 찬 컴파를 안고 날아갔지만.

별다른 문제 없이 목적지인 5층에 도착했다.

문제는 여기부터다.

교직원동은 감시 카메라나 적외선 센서가 있는 건 아니지만, 학생들이 멋대로 들어오지 않도록 각 방에는 입구와 마찬가지로 시큐리티 키를 사용하거나, 안에서 조작하지 않는 한 문을 열 수 없게 돼 있다.

다른 방이라면 모르지만, 학장실은 치카 선생의 카드로는 불가능하지 않을까 하는 일말의 불안을 씻을 수 없다.

하지만 그 불안은 기우로 끝났다.

왜냐하면, 시큐리티 키를 기계에 읽힐 틈도 없이

"… 학장실, 열려 있어."

처음에 알아챈 블랑이 말한 대로, 우리가 학장실 앞에 도착했을 때 문이 살짝 열려 있고 안에서는 빛이 새어나오는 게 보였다.

방에 불이 켜졌다는 건 누군가가 있을 가능성이 높다.

우리는 얼굴을 마주 보고 약속이나 한 것처럼 모두 입술에 손가락을 대고 '조용히 하자'고 확인한 뒤 천천히 열린 틈으로 다가갔다.

역시 방 안에서는 누군가가 조용히 이야기하는 소리가 들린다. 나는 모든 신경을 귀에 집중했다.

"없네츄."

"제대로 찾아보라고. 이제 곧 사장이랑 트릭 전무가 바보 대행의 접대를 끝내고 이쪽으로 온단 말이야. 이때 못 찾았는데요~라고 하면 허세를 부리면서 앞장선 주제에, 우리만 완전히 무능

한 사람이 되잖아."

"원래부터 그런 건 없을 수도 있다고츄. 일부러 자기가 나쁜 짓을 한 증거를 남기는 바보가 어디 있어츄."

"전무가 말했잖아. '그런 소심한 놈은 반드시 거래 기록을 남겨둔다고. 배신당하지 않기 위한 보험으로'라고. 그 사람 여자 취미가 좀 그렇지만, 그런 부분에서는 똑똑해."

"그런거로군츄. 내가 보기에는 그냥 변태 신사로밖에는 안 보이는데츄."

참자, 참아. 넵튠.

목소리의 주인공이 누구인지 안 순간, 나는 당장 반쯤 열린 문을 박차고 안으로 뛰어들고 싶은 충동이 솟아오르는 걸 참고 있었다.

아마 나 혼자라면 앞뒤 따지지 않고 뛰어들었을 거다.

그렇게 하지 않은 건, 내 팔을 꼭 잡고, 강한 눈빛으로 '안돼요'라고 호소하는 벨이 있어 준 덕분이다.

하지만, 하지만….

"단순한 변태 신사가 그렇게 굉장한 세뇌 기술을 알려주겠냐."

"굉장한 기술이 아니라 마법의 반지잖아츄. … 어느 쪽이든 상관은 없지만, 굉장히 잘 들었츄."

"그러게. 그 바보 같은 여자. '저 팬이에요오'라는 뻔한 연기에 턱 하니 속아서 말이지이. 너도 봤지? 세뇌당한지도 모르고, 눈

밑에 기미가 생긴 채 바보 같은 구호를 외치면서 너덜너덜해질 때까지 학원에 호소하면서 돌아다녔잖아. 그런 걸 누가 들어주겠어."

"마지막에는 사이좋았던 여신 후보들도 다가가지 못했츄. 마무리로 신문부를 세뇌해서 그 사진을 올리고츄. 일반적으로 생각하면 거기까지 하면 등교 거부 일직선 코스츄."

그렇게 말하며 낄낄거리고 웃는 걸 들으니, 아무래도 참을 수가 없어서…

그도 그럴 게 분해! 슬프다고! 나는 아직 마음속 어딘가에 린다도 와레츄도 학장 대행이나 매직 컴퍼니에 나처럼 속았을 거라고 생각했는데… 그러니까….

미안해 벨, 이제 못 참겠어!

내 팔을 잡은 벨의 손을 뿌리치고 일어선 그때였다.

"두 사람 다, 거기까지에요!"

철컹, 하고 무언가 바닥에 떨어지는 소리와 동시에. 컴파의 외침이 울려퍼졌다.

퍼뜩 돌아보니 앗시 고글을 던져버린 컴파가 지금까지 한 번도 본 적 없는 분노에 가득 찬 표정으로 온몸을 부들부들 떨고 있었다.

"누, 누구!?"

"이, 이 목소리는… 설마, 컴파짱?"

갑자기 밖에서 큰 소리가 들려 돌아본 두 사람, 린다와 와레츄가 놀란 듯 이쪽을 바라봤다.

"너, 너희들."

컴파와 그 뒤에 있는 우리를 눈치챈 린다가 놀란 표정으로 눈을 크게 떴다.

"이건, 숨어서 몰래 듣고 있을 게 아니에요. 네푸네푸, 블랑, 가죠."

벨의 말에 고개를 끄덕인 블랑이 한번에 문을 열고 학장실로 들어갔다.

린다와 나의 시선이 서로 얽힌다.

"린다, 아까 한 이야기, 제대로 들어야겠어. 나는 정말로 너희에게 이용당한 거야?"

"나라니…. 그렇지, 네가 그 꼬맹이가 변신한 거로구나."

"묻는 말에 대답해!"

"왜 너희가 이런 곳에 있는지 모르겠지만, 들어버린 것 같으니 어쩔 수 없네. 맞아, 그대로야. 너는 바보처럼 날 신용해서 멍청한 짓을 하면서 돌아다닌 거지."

"쥐돌군도… 그런 건가요? 배가 아프다고 한 것도, 처음부터 네푸네푸에게 다가가기 위한 연기였나요?"

"그건 진짜로 린다가 싫어하는 내 입에 음식을 쑤셔넣어서츄. 그, 그러니까… 내가 나쁜 게 아니츄."

"이 자식이! 와레츄 임마! 처음에 작전을 생각한 건 너잖아!"

"실행한 건 린다. 나는 도와준 것 뿐이다츄. 이건 양보할 수 없다츄."

"뭐든 상관없어. 둘 다 이 자리에서 묶어서 자백을 받아낼 테니."

한심하게 책임을 전가하는 두 사람을 향해 나는 조용히 말했다.

목소리는 조용했지만, 마음속에서는 격렬한 분노가 소용돌이치고 있다.

"저항해도 소용없다고."

"뭐라고 해도 이쪽은 여신 후보가 세 명. 어떤 악당이라도 맨몸으로 도망갈 정도로 강하다고요."

내 말에 덧붙이는 것처럼, 블랑과 벨도 그렇게 말하고 한발 앞으로 나아간다.

시간을 들이지 않고 한 번에 세 명이 달려들어 잡는 게 제일 좋을 것 같다.

그리고 아까 하던 이야기를 다시 전교생 앞에서 실토하게 한다면…. 그렇게 생각하고 내가 린다에게 달려들기 위해 발에 힘을 준 그때였다.

"그런 걸 자만이라고 하는 거지. 도망가지 않는 악당이 있을지도 모른다고? 아쿠쿠쿠쿠…."

그때까지 아무런 기척도 없던 등 뒤에서 갑자기 소리가 들려, 나는 몸이 굳었다.

"누구지!?"

내가 돌아보려고 하자.

"꺄아!"

퉁 하는 둔한 소리가 들리고는 벨의 몸이 날아가 학장실 벽에 부딪히는 소리가 났다.

"벨!"

블랑이 그렇게 외치고는 쓰러진 벨에게 달려가는 걸 흘끔 바라보며 나는 몸을 뒤로 돌렸다.

거기에는 지금이라도 터질 것 같은 나무통처럼 퉁퉁한 몸에 악취미인 정장을 입은 기묘한 얼굴의 남자가 서 있었다.

처음에는 가면을 쓴 거라고 생각했지만…. 아니야, 원래 이런 얼굴인 거야.

뒤룩거리는 눈망울은 어디를 보고 있는지도 모르게 재빠르게 움직이고, 내 머리 정도는 가볍게 삼킬 것 같은 커다란 입에서 새빨간 혀를 축 늘어뜨리고… 몬스터라고 착각해도 이상하지 않을 것 같은 얼굴이었다.

기묘한 얼굴의 남자가 느릿한 동작으로 오른손을 휘두르며 말했다.

"졸개 아르바이트들이 연락이 없어서 빨리 왔더니, 아쿠쿠쿠… 안되지, 학생들이 이런 밤중에 어슬렁거리면."

이 녀석인가, 벨을 집어던진 건? 저 뒤룩뒤룩 살찐 팔로?

"위험해, 벨 녀석 기절했어. 넵튠, 조심해!"

블랑의 목소리에 나는 주먹을 쥐고 자세를 취한다. 설마 이런 사태가 되리라고는 생각하지 않았기 때문에 무기는 가지고 있지 않다. 검은 그때부터 계속 비밀 기지에 장식해 두었다.

"흐음, 맨몸으로 덤빌 생각인가? 상대를 해줘도 좋지만, 조금은 냉정히 상황을 보는 게 좋지 않을까 아쿠쿠쿠…."

그래도 무술로 어떻게든… 내가 그렇게 생각한 걸 읽은 듯, 남자는 말했다.

그 남자의 목소리에 대답하듯,

"오오, 함부로 움직이지 마, 움직이면 소중한 친구가 어떻게 될지 모른다고?"

"네푸네푸!"

린다의 목소리와 컴파의 비명이 교차한다.

당했다! 이쪽에 정신이 팔렸어!

후회해도 이미 늦었다. 컴파의 팔을 잡아 올린 린다가 내 옆을 천천히 돌아 남자의 곁으로 다가가는 걸 나는 이를 악물고 바라볼 수밖에 없었다.

"놔줘! 놔주세요!"

"미, 미안해츄. 컴파짱. 아픈 배를 컴파짱이 쓰담쓰담해준 그때의 온기를 잊지 않았지만… 하지만… 아르바이트가 전무에게 거스를 수는 없다츄."

전무라고!?

"그럼 네가…."

남자를 향해 내가 소리를 쥐어짜자.

"아쿠쿠쿠쿠. 이 몸은 주식회사 매직 컴퍼니의 전무 트릭 더 하드. 앞으로도 잘 부탁한다고 해야 하나? 아쿠쿠쿠쿠."

처음으로 그 뒤룩뒤룩한 눈을 나에게 향한 남자—트릭 더 하드가 몸 전체를 흔들며 기분 나쁜 웃음을 지었다.

"그럼 인사도 끝났으니 얌전히 있으라고, 퍼플하트. 제대로 말을 들으면 너에게도 동료들에게도 험한 짓은 하지 않을 테니까."

웃음을 멈춘 트릭이 말했다.

그때, 나는 트릭이 나를 '퍼플하트'라는 이름으로 부르는 걸 눈치 챘다.

어째서 이 남자가 그 이름을? 퍼플하트의 이름은 나와 동료들… 그리고 가능성이 있다면 요양중인 마제콘느 선생밖에 모를 텐데.

설마, 라는 직감이 등줄기에 느껴졌다. 그 직감이 맞다면 컴파가 인질로 잡히고 벨이 쓰러진 이 상황에서 무리하게 전투를 하는 건 너무나 위험하다.

"알았어, 어떻게 하면 될까?"

자세를 풀고 나는 말했다.

"말을 잘 알아들어서 다행이군. 간단해. 모두 저항하지 말고 얌전히 이 몸을 따라오면 되지. 하지만 조금이라도 묘한 낌새를 부리면, 알고 있겠지? 아쿠쿠쿠쿠…."

트릭은 뒤룩뒤룩한 눈동자를 기분 나쁘게 움직이고는, 린다에게 잡혀 있던 컴파를 봤다.

"이 자식!"

"안 돼! 블랑!"

나는 격노한 블랑이 일어나려는 것을 말리고 고개를 숙인다.

"말하는 대로 하자. 그러니 동료를… 내 친구를 해치지 말아줘."

"아쿠쿠쿠, 물론이지. 약속을 지키는 게 신사의 조건."

"블랑, 참아 줘. 알겠지? 변신을 풀자."

"제길, 어쩔 수 없군."

괜찮아, 우리가 돌아오지 않으면 아이짱과 모두가 이변을 눈치챌 거야.

아이짱, 느와르, 케이… 세 명 다 나보다도 훨씬 머리가 좋고 똑똑하니까. 분명히 좋은 방법을 생각해낼 거야.

그때까지는 시간을 벌 필요가 있어.

나는 스스로 변신을 풀었다.

"이제 정말 나, 아무것도 못 한다고. 지지던 볶던 맘대로 해!"

나는 당당하게 말하고 그 자리에서 책상다리를 하고 주저앉았다.

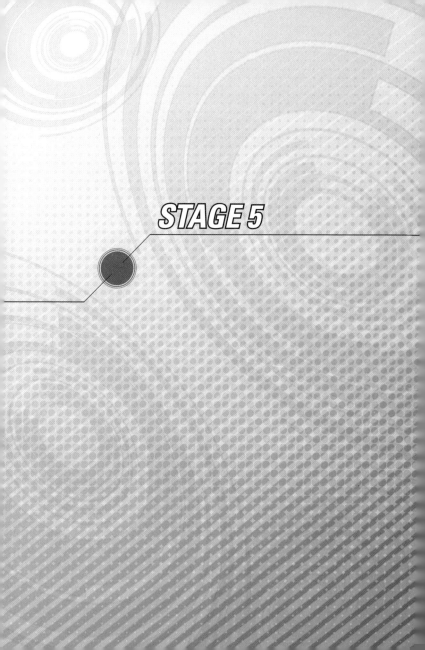

STAGE 5

1

"잠깐잠깐 아저씨! 묶는 건 참아주겠지만, 하다못해 다른 사람들이랑 똑같이 해주면 안 돼? 왜 나만 이렇게…."

"아, 아저씨…. 어이, 알바 A. 밧줄 하나 더 감아."

"알바 A는 저 말인가요, 트릭 전무!? 일단은 린다라는 이름이 있는데요오."

"뭐시라?"

"아, 아닙니다! 지금 즉시 하겠습니다!"

빙글빙글빙글빙글빙글

에, 에구.

이건 쫙 조인다거나 하는 걸 뛰어넘었잖아! 컴파가 인질로 잡혀 어쩔 수 없이 잡혀 준(이걸 강조하고 싶다!)우리는, 한 명씩 밧줄에 묶여 한 줄로 선 채 앞뒤로 린다와 와레츄에게 끌려 걸어가고 있었다.

기차놀이도 아니고 굉장히 꼴불견이라고.

그것도 다른 세 명은 손을 허리 뒤로 돌려 살짝 묶었는데, 왜인지 나만 상반신을 이중삼중으로 빙글빙글 묶어 도롱이벌레처럼 꼴사나운 모습이 됐다. 숨도 막히고 걷기 어려워서 죽겠다고, 호호호.

"네푸네푸, 괜찮아요?"

그런 내가 걱정되는 듯, 앞에서 걷고 있던 벨이 뒤를 돌아보며 말했다.

"괜찮지는 않지만, 괜찮다고 해 둘게. 그것보다 벨은 괜찮아? 다친 곳은 없어?"

"네, 등이 조금 아프긴 하지만요…. 그건 그렇고 우리가 이런 비참한 꼴이 되다니, 저도 처음부터 변신했으면 좋았을 것을."

"인마, 쓸데없는 말 하지 말고 빨리 걸어츄."

부끄러움과 미안함이 섞인 표정으로 어깨를 늘어뜨리는 벨에게 와레츄가 종종걸음으로 달려와 끝에 폭신폭신한 털이 달린 강아지풀 같은 걸 내민다.

"아, 알겠어요. … 아앙, 그런 데를 만지면…."

"우후후후, 말을 듣지 않으면 더 심하게 할 거라고츄."

확실히 약속한 대로 묶어 놓은 것 말고는 다른 험한 짓을 하진 않았지만, 어디서 저런 성희롱 물품을 가져온 거야.

"그럼, 좀 더 스피드를 올리겠츄. 모두 똑같이 간질간질 지옥을 맛보게 해 줄까츄?"

이, 이 쥐새끼가…. 아주 신났네.

두고 보자고, 도망갈 찬스를 만들어 저 기분 나쁜 아저씨랑 같이 해치울 테니까.

나는 마음속으로 굳게, 굳게 다짐했다.

그건 그렇고 이런 기차놀이는 언제까지 해야 하는 거야?

아까도 설명했지만, 나만 빙글빙글 도롱이벌레같은 모습이라

걷기 어려운데 말이지.

그런 내 마음의 소리가 들린 건 아니겠지만, 제일 앞에서 걷고 있던 악덕 건설회사 전무이며 기분 나쁜 아저씨, 트릭 더 하드가 갑자기 멈췄다.

"여기는…."

여기가 어디인지 나는 바로 알 수 있었다.

눈앞에 펼쳐지는 숲. 안쪽으로 이어진 풀이 밟혀 난 길이 달빛 속에서 희미하게 떠오르고 있다.

"으음~아무래도, 이 안쪽에 뭐가 있는지 자~알 알고 있는 것 같군. 아쿠쿠쿠…."

"알고 있어. 저 교회는… 우리의 비밀 기지는 소중한 장소니까. 그곳을 이렇게 엉망으로 만들다니."

나는 트릭의 말에 대답했다. 하지만 시선은 린다를 향한다.

"확실히 편하긴 했지. 왠지는 모르겠지만 다른 학생이나 선생도 오지 않은 덕에 네가 구덩이에 빠져 허우적거리는 걸 안심하고 관찰할 수 있었으니까."

우와아! 짜증나는 저 말투!

얼마나 나의 순수한 소녀 같은 마음을 짓밟아야 속이 풀리는 거야! … 결정했어, 반드시 린다에게 '죄송합니다'라고 말하게 할 거야.

"아쿠쿠쿠, 소중한 장소, 비밀 기지라. 그렇군, 그래."

뭐가 '그렇군'인지, 여전히 등골이 오싹해지는 목소리로 웃으며 트릭이 말했다.

"그 비밀 기지에서 사장이 너희를 기다리고 있거든. 천천히 이야기를 듣고 싶은 모양이더라. 자, 가자."

"얌마, 전무가 걸으라고 하잖아!"

"시끄러워, 졸개 주제에."

지금 할 수 있는 최대한의 보복으로, 나는 린다에게 에비~하고 혀를 내밀었다.

"이 자식이, 장난 하냐!"

화가 난 린다가 나를 묶은 밧줄을 좀 더 세게 조이려고 할 때였다.

"쓸데없는 짓 하지 말라고 알바 A. 알바 B도 이제 됐어."

상상력의 머나먼 저편에서 린다를 제지하는 목소리가 들렸다.

"그러니까 전무. 우리에게는 린다와 와레츄라는 이름이…"

"시끄러워. 졸개들이. 너희는 바로 학장실로 돌아가서 남은 일을 정리하라고. 빨리 가! 쓸모없는 놈들아!"

후후후후후, 잘 들었지? 쓸모없는 놈들이라네.

"호랑이 가죽을 빌린 뭐라던가 라네요."

"어차피 졸개들이로구나."

"졸개라도 일을 제대로 안 하면 곤란하죠."

린다의 태도에는 벨도 블랑도 짜증이 난 듯, 기회라는 듯이 린다를 두들긴다.

컴파는 조금 빗나간 것 같지만, 언제나 그런 거니 넘어가자.

넘어가.

"시끄러워! 흥, 진 놈들이 뭐라고 말해 봤자 눈 하나 깜짝하지 않는다고! 어차피 너희는 내일이 되면 한꺼번에 퇴학 처분이니까! 꼴좋다!"

"컴파짱과 헤어지는 건 슬프지만, 어쩔 수 없츄. 컴파짱은 퇴학을 당해도 내가 돌봐주겠츄. 그때까지 얌전히 기다려츄."

척 봐도 졸개 같은 악담과 승낙을 받을 가능성 제로의 러브콜을 남기고 린다와 와레츄는 어둠 속으로 사라져 갔다.

떠날 때, 린다가 밧줄 끝을 트릭에게 건네주는 걸 잊지 않았다는 게 아쉽지만… 조급해하면 안돼안돼. 아직은 당황할 때가 아냐.

그러고 보니 전에 수업 중 잡담을 하던 선생이 어딘가의 신부님이 마음을 진정시키기 위해 뭔가 수를 센다는 이야기를 했었지.[45] 그걸 생각해낸 나는 우선 1부터 10까지 머릿속에서 세어 보기로 했다.

1, 2, … (중략) … 9, 10.

어때? 진정됐어 나? 뭐, 일단 진정된 걸로 할까.

줄을 잡아당기는 운전수 역할이 린다에서 트릭으로 바뀐 것 외에는 아무것도 달라진 게 없이, 다시 우리는 기차놀이를 하며 숲속을 걸어간다.

---

45 푸치 신부님 왈. '소수를 세는 겁니다. 소수는 완벽한 숫자입니다.'

도중에 뚱뚱하고 널찍한 등짝을 보이는 트릭에게 몇 번이나 점프 킥을 날려주고 싶다고 생각했는지.

그때마다 빙글빙글 묶여 있는 걸 떠올리고 단념했지만 정말로 이때만큼 내 인내력을 칭찬한 적은 없었어. 나 자신도 잘 참았다고 생각해.

역시나 수를 센 게 효과가 있는지도 몰라.

그렇게 인내력 스테이터스를 2인가 3 정도 올렸을 때, 겨우 전차놀이가 끝났다. 비밀 기지에 도착했거든.

린다와 와레츄에게 엉망이 된 기지를 보는 건 솔직히 괴로웠다.

며칠 전까지만 해도 여기서 게임을 하거나, 베게를 던지며 즐겁게 지냈다고 생각하니 더 가슴이 아프다.

"좋았어. 모두 등을 맞대고 여기 앉아. 수상한 짓 하지 말라고."

트릭이 그렇게 말해 우리는 등을 기대고 둥글게 모여 앉았다. 린다와 와레츄가 얼마나 난폭하게 굴었던 건지 융단의 털이 잘게 찢어진 먼지가 올라와 컴파가 괴로운지 기침을 한다. 내 눈에도 들어와 몇 번이고 눈을 깜박거린다.

우리는 안중에 없다는 듯, 트릭은 한데 묶여 있는 밧줄의 제일 앞과 끝을 모아 우리를 둥글게 엮어 움직이지 못하게 한 뒤,

"그럼, 여기서 잠시 쉬라고. 아쿠쿠쿠…."

아무리 들어도 익숙해지지 않는 웃음과 함께, 입고 있… 다기

보다는 억지로 몸을 끼워 넣은 것 같은 정장의 주머니에서 핸드폰을 꺼냈다.

"사장인가? 뭐야, 전파가 나쁜데. 그래. 데려왔어. 그쪽은 알바들에게 시키고 있고. 그럼."

사장, 이라.

슬슬 악당들의 두목이 등장할 때로군. 전무가 이렇게 반쯤은 몬스터 같은 녀석이니 분명히 엄청난 녀석이 나올 거야. 어떤 게 나오더라고 꼴사납게 깜짝 놀라지는 말아야지.

그렇게 내가 각오를 단단히 하고 자세를 잡고 있자 그 '사장'은 의외의 장소에서 의외의 모습으로 나타났다.

교회 제단 밑에 있는 지하 계단에서 뚜벅거리는 발걸음과 함께 나온 사장은 설마 느와르? 라고 생각할 정도로 머리 양옆에 긴 머리를 늘어뜨린 여자였다.

물론 느와르는 아니다.

닮은 건 머리스타일 뿐, 머리색도 얼굴도 전혀 다르다. 입고 있는 옷도 코스프레를 하지 않는 때의 느와르라면 절대로 입지 않을 만한, 이래도 안 넘어가? 이래도!? 라고 어필하는 것 같은 섹시한 옷이었다.

그리고 무엇보다도,

"네, 네푸네푸. 이 사람 무서워요."

"위험한 느낌인데."

컴파와 블랑이 말하지 않아도 온몸에서 뿜는 일종의 오라 같

은 것이 보통이 아니다. 만약에 나에게 그런 능력이 있다면 머리
털이 파앗 하고 안테나처럼 솟아서 눈알 아버지를 부르고 싶을
정도다.[46]

게다가 그녀가 손에 들고 있는 건 내 눈에 익숙한 검. 저쪽 세
계의 퍼플하트가 내게 맡겨서 아이짱이 기지 제단에 장식한 검
이다. 왜 남의 물건을 멋대로 들고 있는 거야!

나는 한마디 쏘아붙이려고 크게 심호흡을 했다. 하지만 내뱉
지는 못했다.

요기를 뿜어내는 여자의 뒤에서 멍하니 나타난, 위험한 분위
기를 팍팍 풍기는 남자를 보고 나도 모르게 꿀꺽, 숨을 삼켜 버
렸다.

마른 나뭇가지처럼 비쩍 마른 몸을 흔들면서 안짱다리를 휘청
휘청 나른하게 움직이는 모습은 만 이천 플러스 팔천 보 양보해
도 선량한 회사원으로는 보이지 않는다.

뭐가 그렇게 짜증이 나는지 계속 기분 나쁘다는 듯 으르렁거
리며 한 손으로 짝짝 자기 허벅지를 치고 있다.

그렇게 둘 다 다른 방향으로 위험해 보이는 두 사람이 천천히
계단을 올라오자,

"소개하지. 저쪽이 매직 컴퍼니 사장인 매직 더 하드. 옆에 있
는 남자는 이 몸과 같은 전무인 저지 더 하드. 이제부터 너희와

---

46 게게게의 기타로.. 페르소나 3의 주인공과도 닮...았을려나요.

짧지만 진~한 만남을 가질 사람들이지. 아쿠쿠쿠."

트릭이 연기하는 듯한 과장된 몸놀림으로 말했다.

노, 농담이겠지. 뭐가 '진~한 만남'이야. 이런 위험한 녀석들과는 일 초라고 사귀고 싶지 않다고. 안 돼! 안 됩니다! 싫어, 절대로!

네푸네푸, 분노의 저항. 나는 사장이라고 소개받은, 요기를 뿜어내는 매직 더 하드에게 말했다.

"당신이 악덕 건설사의 두목이야? 우리를 어떻게 할 건데!? 말해 두지만 너희의 악행은 지금쯤 전부 아이짱에게….."

하지만 한심하게도 마지막까지 말하기 전에 진압되었다.

그도 그럴 게, 사장인 매직이 가지고 있는 검을 아무 말 없이 내 코 앞 2밀리미터 정도까지 내밀었거든.

"으아아! 위, 위험하잖아! 칼은 사람에게 향하지 말라고 안 배웠어?"

"게이트를 여는 방법을 알려줘."

내 말은 1밀리도 귀담아 듣지 않은 듯, 검을 내민 채로 뭐가 뭔지 알 수 없는 이야기를 멋대로 하지 않나.

"갑자기 무슨 소리야!"

"그렇지 않으면 죽인다."

뭐야 이 사람. 처음부터 커뮤니케이션이 완전히 글러먹은 걸 모르고 있잖아. 눈을 보면 알 수 있다. 검을 들이대며 나를 내려다보는 매직의 눈, 정상이 아니야.

나는 떠올렸다. 이런 눈으로 나를 압박하던 사람이 전에도 있었던 걸. 그래, 마제콘느 선생이다.

다른 세계의 마녀에게 정신을 빼앗겨 우리를 말살하려고 공격했을 때의 눈과 똑같다.

그걸 알게 됨과 동시에 아까 학장실에서 트릭이 했던 말도 내 머릿속에 되살아났다. 그 녀석 나를 '퍼플하트'라고 불렀어.

역시 그때 느꼈던 직감은 틀리지 않았구나. 매직도 트릭도 그리고 아마도 저지도… 이 세 명 모두 마제콘느 선생과 마찬가지야.

"이 검에서 희미하지만, 저쪽 세계 퍼플하트의 사념을 느꼈어. 이건 저편에서 그 여자가 가지고 있던 물건이니까. 이게 여기에 엄중하게 보관돼 있다는 건 너희가 저쪽과 접촉을 하고 있다는 확실한 증거."

역시나!

어어어어찌지!? 단순한(?) 악덕 건설업자라고 생각했는데, 이 녀석들 다른 세계의 일에 대해 알고 있잖아.

그리고 분명 저 세 사람, 마제콘느처럼 의식을 빼앗겼어. 그렇다는 건 빼앗은 건 으음, 으… 음. 대마녀 마제콘느의 부하라던가 동료일까나?

으아아, 그런 것까지 이쪽 세계로 오다니. 나 그런 말은 들은 적 없다고! 그런 건 제대로 말해줬어야지. 나 게이트 같은 거 하나도 모르지만 '모른다'고 대답했다가는 저 심각한 눈으로 봐서는 매직은 가차 없이 나를… 그런 건 싫어!

"그, 그건…"

"그건?"

그건… 그… 뭐랄까….

아아, 이젠 다 싫어! 아이짱, 느와르. 빨리 도와줘!

‖

1초? 5초? 10초? 아니면 1분 정도 지났나?

일반적으로 답이 없는 질문을 던진 매직과 나의, 긴 눈싸움이 계속되고 있었다.

무엇보다 다른 세계와 연락을 해서 잇승이나 퍼플하트와 만나고 싶은 건 우리도 마찬가지라고. 검을 교회에 놔둔 것도 어찌 보면 그걸 위한 작은 희망이고.

그걸 아이짱이 쓸데없이 엄중하게 보관해서 매직 컴퍼니 녀석들이 완전히 우리가 중요한 비밀을 알고 있다고 착각한 것 같아.

으음, 곤란한데. 모르는 걸 모른다고 솔직하게 대답하면 바로 게임오버가 되다니, 어드벤처 게임이라면 틀림없이 게임 리뷰 코너에서 두들겨 맞을 레벨이야.

"아쿠쿠쿠, 불 속으로 날아든 여신들 때문에 흥분하는 건 알지만 그렇게 심각하게 굴지 말라고 사장. 그렇게 쉽게 입을 열 녀석들이 아니라는 건 저쪽 세계에서도 겪어 봐서 알잖아?"

아아, 정말, 이쪽도 마찬가지야, 곤란하다고.

트릭이 매직의 어깨에 손을 얹고 그렇게 말하자, 순간 굉장히 흉악한 눈빛이 된 매직이 아무 말 없이 트릭을 노려봤다.

"화내지 마. 말하고 싶지 않다면 말하고 싶도록 만들면 되지… 그럼, 어떻게 할까?"

겨우 눈싸움에서 풀려났다고 생각한 그 다음 순간, 매직의 노려보기 공격을 전혀 신경 쓰지 않는 것처럼 흘려 넘긴 트릭이 우리에게 눈을 돌렸다.

그러는 한쪽에서는

"진짜 답답하네! 이 녀석들, 그 여신들이잖아! 그러면… 쳐부수면 땡이잖아! 온 힘을 다해 싸우고, 싸워서! 두들겨 패서 불게 하자고! 매직, 나한테 시켜줘! 이젠 짜증난다고. 내가 싸울 거야!"

저지라는 녀석도 트릭과는 다른 방향으로 맛이 간 것 같다. 이건 이것대로 위험한데.

저기 그런데 말이지, 이래봬도 우리들, 연약한 여고생이라고? 꽃도 부끄러워하는 소녀들이란 말야? 변신하면 강하지만 그거랑은 별도로 이런 여고생에게 보통 '두들겨 팬다'고 하나? 어른으로서(?) 말이지.

"네푸네푸, 저… 이제 저 이 사람들이랑 말하는 거 싫어요."

"괜찮아, 괜찮아 컴파. 컴파는 무슨 일이 있어도 손대지 못하게 할게. 내가 꼭 지켜줄 테니까."

내가 두려워하는 컴파를 위로하자,

"… 정정당당하게 싸운다면 언제라도 상대해 주겠어."

위험천만한 발언에도 쫄지 않고 저지와 트릭을 노려보는 블랑이었다.

트릭의 뒤룩거리는 눈이 블랑의 앞에서 멈춘다.

"아쿠쿠쿠쿠. 다른 세계의 다른 존재라고는 하지만, 역시 여신이로군…. 하지만 단순히 힘을 써서 붙게 하는 것도 재미가 없는데. 그렇지, 확실히 너한테는 여동생이 있지? 그것도 어… 어린 여자애…. 그래, 정신을 잃을 정도로 사랑스러운 쌍둥이 동생이."

어린 여자애, 라는 부분을 이상할 정도로 즐겁게 강조하는 트릭의 말에 블랑의 얼굴이 보통 때에는 보여주지 않을 정도로 굳어졌다.

"어떻게… 알고 있지?"

"아쿠쿠쿠, 이 몸은 뭐든 알고 있다고. 그 귀엽고 뽕가죽을 것 같은 쌍둥이를 붙잡아서… 네 눈 앞에서… 그것도 둘 다 마음껏 할짝할짝 해주는 건 어떨까?"

"이 자식이! 동생들에게 손가락 하나라도 건드리기만 해 봐라! 죽는 것보다도 괴롭게 해 줄 테니까!!

너무해! 이건 너무하잖아!

비겁한 협박에 한순간 분노모드가 된 블랑이 묶인 채로 발버

둥 친다.

그 마음은 아플 정도로 잘 알고 있다.

"기가 센 그 아이를 마음껏 할짝거린 뒤 얌전한 다른 아이는 혀끝으로 가볍게 천천히, 천천히…. 아 안 되겠는데. 상상하는 것만으로도 참을 수가 없군…. 후우우…."

"이 썩을 변태 자식아! 당장 그 기분 나쁜 망상 그만두라고! 그만두라고 했잖아!"

망상의 세계에 빠져 허억허억 축축한 한숨을 내쉬며 마치 그 자리에 어린 여자애… 블랑의 여동생들이 있는 것처럼 긴 혀를 할짝할짝 움직이는 걸 봤으니 나라도 저런 반응을 보일 것 같다.

만약, 나에게도 여동생이 있다면….

그렇게 생각하니 가만히 있을 수 없어서,

"그만둬! 블랑의 여동생과는 상관없잖아!"

나는 큰소리로 외쳤다.

"이건 좋지 않은 상황이네요. 앞에서는 할짝할짝 뒤에서는 위험천만, 이건 아무래도 불리하겠는데요."

벨에게 그런 말을 듣지 않아도, 블랑의 소중한 여동생들이 변태에게 할짝할짝 당하는 것도, 우리가 위험천만한 녀석에서 두들겨 맞는 것도 둘 다 노생큐다.

하지만 진지하게 그걸 호소해 봤자 들어주지도 않겠지만.

"그, 그만둘지 어떨지는 너희가 하기 나름이지. 아, 참고로 말하자면 지금도 내 머릿속에는 두 사람의 어린 여자애를 이~런 모습으로 저~런 것까지…. 아, 안 돼. 자극이 너무 강해서 이 몸…. 우후후. 지금 당장 현실로 구현하고 싶다!"

이렇게 되면 에라 모르겠다! 될 대로 돼라!

"알았어! 알았어! 말할게, 말할게. 전~부 말할 테니까 그 머릿속 할짝할짝은 멈추라고! 현실로 하는 것도 안 돼! 신사라면 노터치! 폭력은 반대!"

지금이라도 얼굴에 트릭의 침이 떨어질 것 같은 상황 속에 분노한 나머지 눈에서 눈물이 배어 있는 블랑을 놔둘 수가 없어서 나는 아까보다도 큰 목소리로 말했다.

지금은 시간을 벌어야 해. 지금쯤은 아이짱도, 느와르도, 케이도 아니면 치카 선생도 함께 구출 작전을 생각하고 있을 거야.

시간을 벌기 위해서라면 거짓말을 해서라도 이 상황을 헤쳐나갈 수밖에 없다.

"'게이트'말이지. 그, 그래. 우리들, 저쪽 세계의 여신들과는 이미 굉장히 친하게 지내고 있다고. 여닫는 것도 자유자재고."

아아, 부탁이야. 이의 있음! 이라는 한마디로 대역전극을 벌이는 변호사[47]라도, 우리 반 구석에서 이상한 룰의 게임을 하면서 굉장한 기세로 떠드는 마술사라도 상관없으니, 나에게 씌어서 힘을 빌려줘!

"아, 여는 방법을 알려줘도 되지만 너희가 할 수 있을지는 모

---

47 역전재판. 과연! 삿대질의 제왕.

르겠네. 게이트를 열기 위해서는 우리 모두의 힘이 필요하니까. 그렇지 컴파?"

"네?"

으아아! '네?'가 아니잖아. 호응해 달라고.

부탁이야부탁이야부탁이야! 입 좀 맞춰줘! 맞춰 달라고!

절실한 바람을 담아, 나는 도롱이 벌레 상태의 몸을 움직여 컴파의 손이 묶여 있는 로프를 잡아당기며 어필했다. 로프는 이어져 있으니 벨과 블랑에게도 전해졌을 거야.

"아… 음, 그, 그래요! 우, 우리의 마음을 하나로 해서 우, 우정 파워로 기원하면… 그렇지, 벨?"

우, 우정 파워로 기원… 뭐 어때! 괜찮아! 잘했어, 컴파. 잘했어!

벨, 그다음이 중요해. 상급생다운 진지한 태도로 부탁합니다!

"우정 파워는 넘어가고, 우리 전원의 정신을 집중해서 의식해야 하는 건 확실해요. 그… 우리의 정신 파동이 이세계의 여신들과 하나가 되지 않으면 차원의 문은 열리지 않는 듯한… 이렇게 설명하면 되려나요. 블랑?"

과연 상급생. 잘했어. 조금 눈이 수상쩍어 보이지만 '정신 파동' 같은 게 그럴듯해. 뭔 소리인지는 모르겠지만!

블랑도 이어서 말해 줘. 지금까지의 흐름, 너라면 마무리할 수 있어!

지금은 참으라고! 분노 모드는 참아 줘! 부탁이야 블랑!!

블랑은 짧은 숨을 토해내며 몇 번이고 어깨를 들썩이고 있다.

힘내라, 힘내… 나는 마음속으로 그렇게 빌었다.

잠시 뒤

"… 그, 그것만으로는 충분치 않아."

고개를 든 블랑은 드물게도 이마에 땀을 흘리면서 말했다.

좋았어. 기합으로 참았구나!

"의식을 실행하기 위해서는 시간도 중요해. 낮의 태양이 정남쪽에 다다랐을 때, 이 교회의 뾰족탑 끝과 태양이 교차하지…. 그 시간을 노리지 않으면 차원단속면의 불균형이 방해해서 아무리 우리가 의식을 집중한다고 해도 저편에서 아스트랄 사이드 좌표를 특정할 수 없어서 이쪽에 간섭할 수 없지…. 라는 이야기를 들었어."

와, 와, 와… 왔다 ━━━━ヽ(°∀°)ノ━━━━!!!!!!

굉장해! 굉장해, 블랑! 과연 소설을 읽으며 쌓은 언어 능력, 제법인데!

후우, 하고 숨을 내쉬며 눈을 감은 블랑은 그대로 한 점 막힘 없이 술술, 정말로 무슨 소리인지 모를 말을 진짜처럼 말했다.

"저, 저 블랑과 꽤 오랫동안 사귀었지만, 블랑이 분노 모드가 아닐 때 페이지 넘김 버튼[48]이 필요할 정도로 길게 말하는 건 처음 봤어요."

---

48 비주얼 노벨 장르의 필수품. 한때 '스페이스 어드벤처'라는 장르명이 붙기도 했습니다.

이 슈퍼 파인 플레이(나오는 대로 막 말한다 라고도 한다)에는 벨도 눈을 깜박일 정도로 놀랐다.

좋았어, 마지막에는 내가 정리해야지.

"… 그렇다고. 다시 말해서 우리만 붙잡아 봤자 아무 의미 없어."

"거기다가."

네, 아쉽게 됐네요. 그러니까 지금 바로 우리를 풀어주는 게… 예?

이번에는 내가 아까의 컴파와 같은 반응을 보였다. 뭐가 거기다가인데요, 블랑님?

블랑이 지금까지 감았던 눈을 갑자기 번쩍 떴다. 분노 모드를 필사적으로 억누르던 모습은 어디로 갔는지, 분노와는 다른 반짝임이 눈에 비친다.

어라라, 설마 이거….

"의식을 행하기 위해서는 네 개의 성스러운 신기가 필요해. 하나는 지금 네가 들고 있는 퍼플하트의… 여신의 검."

블랑님, 블랑님, 어~이. … 아, 안 되겠다. 완전히 자기가 만든 설정에 취했어.

"네 개의 신기라니?"

아무래도 눌러서는 안 되는 스위치를 누른 듯, 터무니없는 이야기를 하는 블랑. 하지만 진지한 눈빛으로 자신만만하게 말하고 있다.

그때까지 가만히 이야기를 듣고 있던 매직도 거기에 끌린 듯 손에 들고 있던 검을 진지하게 바라보면서.

"나머지 세 개는 어디 있지? 빨리 말해."

미, 믿었다. 믿어주지 않으면 곤란하지만.

"여기에는 없어. 이런 사태에 대비한 리스크 헤지(리스크 관리)는 상식이니까. 남은 셋은 여기 없는 동료들이 각자 가지고 있어."

"아쿠쿠쿠, 그렇구만. 꽤 생각했는데. 하지만 너희의 목숨과 맞바꾼다고 하면 넘겨주지 않을 수 없겠지. 쓸모없는 잔머리로군."

"목숨과는 맞바꿀 수 없어. 다른 세계보다도 자신의 목숨이 중요한 건 말할 것도 없고. 그 뒤는 넵튠에게 물어봐. 조금 힘드네… 오랜만에 길게 말을 했더니 피곤해."

하고 싶었던 것만 전부 말하고, 마지막은 나한테 떠넘기는 건가…

그건 아니지. 라고 눈으로 호소했지만, 블랑은 장난스럽게도, 미안하게도 보이는 웃음을 보낸… 것 같았다.

어, 어느 쪽이야? 아니, 지금은 아무래도 좋아. 지금 중요한 건, 어떻게든 이 거짓말을 믿게 해야 한다는 것.

나를 향한 매직의 시선을 느끼며, 다음에는 무슨 말을 할까 필사적으로 머리를 굴린다.

이 난관을 무사히 헤쳐나간다면 여신 후보과는 그만두고 연극

과로 들어가도 좋을 것 같아.

"그, 그래. 리스크 헤지혹[49]은 상식이야, 상식. 나, 나도 자세한 건 아이짱에게 물어보지 않으면 모르겠는데."

평정을 유지하며 내가 말하자 매직은 한동안 내 얼굴을 차가운 눈으로 바라보더니

"… 연락해."

짧게, 트릭에게 지시를 내린다.

트릭이 흥 하고 콧방귀를 뀌고 핸드폰을 꺼내더니.

"그 녀석 번호를 말하라고. 핸드폰 정도는 가지고 있겠지."

말할 수밖에 없어. 아마 아이짱 번호가 '사랑니만지지마(오야시라즈이지루나 084031464)'였지….

숫자 맞추기로 기억해 둬서 다행이네. 겨우겨우 떠올려 알려주니 트릭이 번호를 누르고는 전화를 내 입에 갖다 댔다.

통화 음량을 최대로 했는지, 귀에 갖다 대지 않아도 벨소리가 들린다.

잠시 후,

'누구야?'

의아해하는 아이짱의 목소리가 교회 안에 울려 퍼진다.

"나, 나야. 넵튠!"

---

49 소닉 더 헤지혹. 넵튠은 일반상식 교육이 절실합니다.

'네프코!? 뭐하는 거야. 이제 곧 날이 밝는데 돌아오지 않아서 걱정했잖아….'

"매직 컴퍼니에게 잡혔어."

지금의 상황을 더 이상은 불가능할 정도로 간단히 설명하자 트릭이 전화를 내게서 떼어,

"그렇게 됐다. 너희의 소중한 친구는 이 몸이 데리고 있지. 아쿠쿠쿠."

전화 저편의 아이짱에게 말했다.

'… ! 모두, 무사하겠지?'

"지금은 그렇지. 하지만 요구를 들어주지 않으면 이제부터 어떻게 될지 모른다고."

'몸값이라도 요구하는 거야?'

"아니, 간단한 이야기다. 너희가 가지고 있는 네 가지 신기 중, 여신의 검 이외의 남은 세 개를 내놓으라고. 그리고 너희가 다른 세계라고 부르는 곳의 게이트를 열어. 그렇게 하면 친구들의 목숨은 보증해 주지. 아쿠쿠쿠."

지금쯤 아이짱은 전화 너머에서 멍해 있겠지.

하지만 지금은 작은 희망을 아이짱에게 맡길 수밖에 없어.

하느님, 부처님, 아이짱님! 제발, 제발 말 좀 맞춰 주세요!

잠시 침묵이 이어지는 동안, 나만이 아니라 컴파도 벨도 블랑도 살아 있는 기분이 아니었을 거라고 생각한다.

그래서

'알았어. 그렇군. 너희의 목적은 처음부터 그거였군. 구교사 철거와 강당의 건설은 위장이었던 거야?'

깔끔하게, 정말로 깔끔하게 아이짱이 그렇게 말한 순간, 나는 덩실거리고 싶은 걸 겨우 참았다.

'거래 장소와 시간은?'

"태양이 정남향에 닿기 전, 너희가 아지트로 삼고 있는 장소에서 만나지."

'알았어. … 부탁이야. 마지막으로 한 번 더 네프코의 목소리를 들려줘.'

"대화는 우리도 전부 듣고 있다. 잊지 말라고."

트릭이 다시 나한테 전화를 갖다 댔다.

"아이짜~앙."

반쯤 울 것 같은 목소리로 나는 아이짱을 불렀다. 아마도 매직 컴퍼니 녀석들은 이게 기쁨의 눈물이라는 걸 알지 못하겠지.

우리가 처한 상황과 장소를 알릴 수 있었다. 무엇보다도 우리가 곤경에 처한 걸 알릴 수 있었다. 아마 그거로 충분할 거야.

'우는 소리는 나중에 들을게. 어쨌거나 우리가 도와주러 갈 때까지 엄한 짓 하지 말고 기다려. 알겠지?'

응, 기다릴게. 기다리고 말고.

"이제 됐어. 알고 있겠지만 다른 곳에 연락하지 말라고. 만일 어기면 그때는…"

'알고 있어. 그쪽이야말로 모두에게 손이라도 대면 마지막이라는 걸 기억해."

이걸로 어찌어찌 고비는 넘겼다.

아이짱과 트릭이 TV 드라마에 나오는 '뻔한 대사'를 주고받는 걸 들으면서, 나는 들키지 않도록 한숨을 내쉬었다.

피곤하다, 정말 피곤해.

그렇다고는 해도, 또 이상한 일에 말려들었네. 나는 평화로운 학원 생활을 보내고 싶은데….

Ⅲ

슬슬 날이 밝지 않을 시간… 인 것 같다.

졸려. 배고파. 몸은 쑤시고, 목욕을 하지 않아서 머리가 간지럽다고!

아이짱과 매직 컴퍼니의 '거래'가 정해진 뒤 우리는 어떻게 됐냐면…. 방치. 너무하네.

비밀 기지의 천장을 지탱하는 네 구석의 둥그런 기둥을 둘러싸는 것처럼 우리를 트릭이 밧줄로 칭칭 감은 것 외에는 계속 방치해 둔 채다.

순서대로 할짝할짝 당하는 것보다야 낫다고 생각하지만, 그래도 밥 정도는 줘야 하지 않느냐고. 돈가스 덮밥이나 소고기덮밥까지는 바라지 않지만, 묶인 채라도 어찌어찌 먹을 수 있는 주먹

밥이라도.

"포로에게도 인권이 있다고, 북극 조약을 지켜라!"

"연방의 장교에게 어울리는 대우를 요구한다!"[50]

전에 블랑이 빌려준 로봇 애니메이션 DVD에 나오는 대사를 연호하며 처우 개선을 요구했지만, 매직 컴퍼니 녀석들은 전혀 들어주지 않았다.

위험천만한 발언으로 우리에게 겁을 주었던 저지는 '나갔다 올게'라며 나간 뒤 돌아오지 않는다. 변태 트릭은 여기에 놔둔 내 N기어를 멋대로 인터넷에 연결해 의심스러운 동영상을 시청하고 있다. 가끔은

"역시 어린 여자애들은 귀여워…."

라고, 듣고 싶지 않은 목소리와 하악하악거리는 소리가 들려와서 짜증나 울어버릴 것 같다. 으으… 이제 저 N기어, 사용하고 싶지 않아.

마지막 한 명, 매직은 기묘하다고나 할까, 기분 나쁘다고나 할까. 움직이질 않는다.

제단 위에 걸터앉아 블랑이 '네 종류의 신기'라고 거짓말을 했던 퍼플하트의 검을 끌어안은 채 눈썹 하나 까딱하지 않는다. 말도 하지 않고.

자고 있나 생각했지만, 그것도 아닌 것 같다.

---

50 기동전사 건담. 남극조약 당시 양 측 병사가 담배를 나눠 피우는 일러스트가 인상적입니다.

쓸모없는 일에는 에너지를 쓰지 않기로 정한 건지, 마치 스위치가 꺼진 로봇처럼 보인다.

나는 그게 신경 쓰여서, 배고픈 걸 잊을 겸 매직에게 말을 걸어 봤다.

왜 이런 짓을 하는 거야?

또 다른 세계는 어떻게 된 거야?

그 몸도, 역시 마제콘느 선생처럼 의식을 빼앗아 조종하는 거야?

좋아하는 게임은 있어? 어떤 음악을 들어? 단 거 좋아해?

그 자리에서 생각나는 것들을 물어보지만, 반응은 없다.

"뭘 물어봐도 소용없는 것 같네요. 네푸네푸, 이제 그만 해요. 컴파가 깨겠어요."

계속 무시하자 나도 짜증을 부린 것 같다.

부드러운 벨의 목소리에 나는 그제야 컴파가 나에게 기대어 꾸벅꾸벅 조는 걸 알아챘다.

"아…. 그렇지. 고마워 벨."

당황해서 목소리 톤을 낮춰 말하자.

"넵튠도 벨도 자두는 게 좋아."

블랑이 작은 목소리로 말했다.

"그러자. 중요한 순간에 휘청거리면 말이 안 되니까."

"이런 자세로 잘 수 있으려나. 기숙사의 폭신폭신한 침대가 그리워진다."

우는 소리를 냈지만. 나도 생각하는 것 이상으로 피곤이 몰려온다.

생각해 보니 세뇌에서 깨어나 링거를 빼자마자 뛰쳐나갔구나. 확실히 피곤하겠지.

그래서 쉬려고 마음먹고 눈을 감자 빙글빙글 묶인 불편한 자세라도 바로 잠이 몰려왔다. 겨우 와 줬다. 라고 말하는 게 좋으려나?

두세 번 꾸벅거리는 기억을 마지막으로 스윽 떨어지는 것처럼 의식이 멀어지더니….

"일어나."

트릭이 그렇게 말하며 난폭하게 몸을 묶고 있던 밧줄을 잡아당겨 눈을 떴을 때에는 이미 밖은 환했다. 창을 통해 햇빛이 몇 줄기 광선처럼 내려온다.

"후아아?"

멍한 눈으로 좌우를 둘러보니, 어느새 밧줄이 기둥에서 풀려 나를 뺀 세 명은 일어나 있다.

"아, 안녕."

나만 앉아 있는 것도 계면쩍어서 머리를 저으며 일어나자 굳어 있던 온몸의 근육이 비명을 지른다.

"빨리 일어나, 시간이 됐다."

저린 발을 풀 여유도 없이, 뭉친 어깨 근육을 풀기도 전에, 다시 기차놀이를 하는 것처럼 트릭에게 묶여 우리는 비밀 기지 밖으로 나갔다.

아침이 지나 높이 올라온 햇살이 눈을 찌른다.

벌써 이런 시간이 됐다는 건 이제 난 퇴학처분이 됐다는 건가. 그건 싫은데.

안돼안돼, 무슨 약한 소리를 하는 거야. 넵튠! 제대로 하라고!

꾸벅꾸벅 조는 사이에 어두워진 마음을 떨치고 나는 얼굴을 들었다.

눈을 빙글빙글 굴려 주변 상황을 살핀다. 무슨 일이 일어나도 바로 대응할 수 있도록, 제대로 봐 둬야지.

먼저 눈에 들어온 건 비밀 기지 건물 옆에 서 있는 커다란 트럭이었다. 쌓여 있는 컨테이너에는 매직 컴퍼니의 회사명이 커다랗게 적혀 있다.

무거운 물건을 싣고 있는지, 타이어는 삼분의 일 정도 지면에 묻혀 있고, 그 흔적은 숲 저편에서부터 여기까지 이어져 있다.

심각한 건, 트럭이 지나간 장소의 나무가 엉망으로 쓰러졌다는 것. 누가 이렇게 난폭하게 운전을 했나 생각했는데 컨테이너 옆에서 팔짱을 끼고 있는 건 저지였다.

역시 이 녀석, 제멋대로잖아.

그 타이어 자국을 따라 쓰러진 나무를 넘어 이쪽으로 오는 그림자를 발견한 건 그때였다.

"뭐야 이거, 정말이지. 자연을 소중하게 생각하지 않는 녀석들이잖아"

바람에 실려 들려오는 목소리.

진한 갈색의 머리카락에 흔들리는 녹색의 쌍떡잎 리본.

"아이짱!"

그 그림자를 향해 나는 말을 걸었다. 너무나 기뻐 잡혔다는 걸 잊고 달려가려 하자,

"얌전히 있으라고."

트릭이 밧줄을 잡아당긴다.

"거기에 서 있어."

트릭이 이쪽을 향해 걸어오는 아이짱에게 말했다.

우리와의 거리는 십 미터 정도일까. 표정도 확실히 보이는 거리다.

"네 명 다, 무사한 것 같네."

트릭이 말한 대로 멈췄지만 그쪽은 눈길도 주지 않고, 아이짱은 먼저 우리를 보고는 반은 안도한 듯, 반은 곤란하다는 듯한 미소를 지으며 말했다.

"아이짜~앙."

내가 다시 이름을 부르자.

"알았어. 한심한 얼굴은 짓지 말라고. 원하는 대로 와 줬잖아."

우리는 안심시키려는 듯, 여느 때와 다름없이 그렇게 말했다.

"아쿠쿠쿠, 아름다운 우정이지만 일단 비즈니스가 우선이지. 물건은 가져왔어?"

트릭이 갑자기 끼어들어 감동의 재회를 엉망으로 만들어 버렸다.

"물론 가져왔어"

얼굴빛이 심각해진 아이짱이 손에 들고 있던 검은 서류가방을 높이 들어 올린다.

"안을 보여줘."

아이짱이 고개를 끄덕이더니 가방을 바닥에 내려놓고 연다. 남아 있는 삼종의 신기는 그럴듯하게 지어낸 거라, 아이짱이 어떤 걸 가져왔는지 나도 굉장히 궁금한데.

"먼저, '환수의 눈동자.'"

진지한 목소리로 아이짱이 가방에서 검게 빛나는 공 같은 걸 꺼내 보여줬다.

"그다음은, '세라핌의 뿔피리', 마지막이 '무지개의 조각'. 이렇게 세 개야. 불만은 없겠지?"

아이짱은 계속해서 금색으로 빛나는 나팔 같은 것과 무지갯빛으로 빛나는 펜던트가 달린 목걸이를 보여 주고는 그 세 개를 다시 가방에 넣는다.

"… 제법인데, 아이에프. 괜찮은 네이밍이야."

라고 블랑이 슬쩍 위험한 발언을 내뱉는다. 그걸 깨달은 벨이 당황한 듯 일부러 재채기를 해 그 말을 지운다.

"어머, 죄송해요. 조금 몸이 추워서."

블랑, 제발 지금은 분위기 파악 좀 하라고.

그렇다고는 해도 그런 짧은 시간에 그럴듯한 물건을 준비했네, 아이짱. 역시 블랑이 말한 대로 네이밍도 아이짱의 센스일까나.

"좋아. 그럼 그 가방을 이쪽으로 넘겨."

트릭도 그럴듯하게 속아 넘어간 듯, 만족스러운 목소리로 말한다. 하지만 아이짱은

"농담하는 거야?"

라고 가볍게 그 요구를 거절한다.

"인질이 풀려난다는 보증도 없이, 넘겨줄 것 같아? … 그렇지, 최소한 신기 하나에 인질 한 명씩 교환. 그건 양보할 수 없어."

"뭐, 뭐라고?"

"이쪽의 거래 물건은 세 개. 그쪽은 네 명. 일대일로 교환해도 아직 그쪽에는 인질이 한 명 남게 돼. 솔직히 말해서 대등한 거래는 아니라고. 목숨이 걸려 있다고 생각하면 아슬아슬하게 양보하는 거야. 얌전히 동의해 주시지."

"이래저래 핑계만 늘어놓고…. 이래서 여자는 자라면 안 된다니까."

"있잖아, 어차피 게이트를 열 때 넵튠 일행의 힘이 필요하다고. 잠깐 풀어줄 때… 그때는 내가 되겠지만, 대신 인질을 잡는다면 마찬가지 아니야?

"확실히 그렇지만… 어떻게 할까, 매직? 아니 사장."

"그렇게 해."

의외로 매직은 아이짱이 내놓은 조건을 선선히 승낙했다. 우리도 놀라서 '어?'라는 표정으로 매직을 바라본다.

"마음에 들지 않는 녀석들. 그 정도로 자신에게 불리한 조건이라는 걸 알고서도 거래를 하는 건 뭔가 승산이 있기 때문이겠지. 그걸 받아들이고는 증오스러운 여신들에게 절망을 맛보게 하는 것도 나쁘지 않아."

주변 온도를 삼 도에서 사 도 정도는 떨어뜨릴 웃음을 지으며 매직은 말했다.

"흐음, 굉장한 자신인데? 감춰도 소용없는 것 같으니 말하겠지만, 이쪽도 생각이 있어. 그래도 승낙할 거야? 후회해도 몰라."

아이짱도 지지 않는다. 역시 에이전트과의 베테랑. 한 치도 물러서지 않고 되받아친다. 보이지 않는 불꽃이 매직과 아이짱 사이로 파직파직 날아든다.

으음, 자신이 인질이라는 걸 잊어버리고 두근거릴 정도다.

"그럼 보스의 생각이 바뀌기 전에 빨리 끝내자고."

쿨하게 일을 진전시킨 아이짱이 먼저 '무지개의 조각'이라고 부른 펜던트를 들어 올린다.

"인질 한 명을 골라서 밧줄을 풀어 줘."

"쳇, 잘난 체하기는. 누구라도 상관없겠지. 첫 번째는 너다."

트릭이 고른 건 컴파였다.

두툼한 손가락치고는 익숙한 놀림으로 밧줄을 푼다.

"신호를 보내면 인질을 이쪽으로 보내. 동시에 내가 이걸 그쪽으로 던질 테니까. 제대로 받으라고, 알았지? 3, 2, 1…."

제로. 라는 목소리에 트릭이 성가시다는 듯 컴파의 등을 밀었다.

"네푸네푸…."

"괜찮아! 컴파, 달려가!"

한순간, 컴파는 불안한 눈빛으로 나를 바라본다. 그 등을 나는 목소리로 떠밀었다. 컴파가 달려가는 것과 동시에 아이짱도 펜던트를 던졌다.

정확한 컨트롤로 펜던트가 트릭의 손에 떨어졌을 때에는 컴파는 어찌어찌 아이짱이 있는 곳까지 달려갔다. 다행이다. 도중에 구르면 어쩌나 하고 생각했어.

"다음은 뿔피리, 간다."

같은 방법으로 거래가 계속된다. 블랑, 벨의 순서대로 계속해서 풀려나, 마지막에 남은 건 나.

이런이런, 내가 제일 처음이었다면 미안하다는 생각은 했지만, 마지막에 남게 되니 어쩐지 복잡한 기분이다.

어차피 이 빙글빙글 감은 밧줄을 푸는 게 귀찮아서였겠지만.

이렇게 거래는 끝났다.

일단 확인은 해두고 싶은데. 설마 아이짱, 이걸로 끝은 아니… 겠지? 정말로 작전이 있는 거 맞지?

매직이 속으로는 심장이 벌렁거리는 나를 곁눈질하고는, 트릭이 마지막으로 교환한 '환수의 눈동자'를 받아들고 그걸 공처럼 몇 번이고 한 손으로 튕기며 한 걸음 앞으로 나아간다.

"자, 원하는 대로 거래는 했는데. 이제 어떻게 할 거지? … 남은 한 명은 뒤에 숨어 있는 저 녀석이 구할 셈이었냐!"

그 순간 매직이 아이짱을 향하고 있던 몸을 엄청난 속도로 돌리더니 품에서 무언가를 꺼내 뒤쪽으로 던졌다!

"꺄악!"

그러자 내 바로 뒤, 건물 그늘에서 작은 비명소리가 들린다. 내가 돌아보자 벽 한구석에 숨어 있던 길고 검은 머리카락이 보였다. 그 바로 앞 땅바닥에 칼이 하나 꽂혀 있었다. 매직이 던진 칼이었다.

"… 이런, 눈치채고 있었나."

그 칼 너머 건물 그늘에서 천천히 검은 머리카락의 주인공—느와르가 모습을 드러낸다.

입술을 깨물고, 눈에는 분하다는 빛이 어려 있다.

"아쿠쿠쿠! 훌륭한 작전이로군! 인질 교환으로 시간을 벌고, 숨겨 놓은 자기편으로 남은 한 명을 구출한다… 라. 좋은 생각이라고 말하고 싶지만 뻔한 발상이지. 아쿠쿠쿠."

의기양양한 트릭의 웃음소리가 울려 퍼진다.

그, 그럴 수가….

"느, 느와르?"

"미안해, 넵튠. 설마 이렇게 쉽게 들킬 줄은 몰랐어."

어라! 이거 진짜로 위기인 건가? 아이짱, 어떻게 해야 해!?

"거, 걱정하지마 네프코. 이쪽에는 아직 제2의 수단이 남아 있어!"

당황한 나를 달래려는지 아이짱이 소리를 지른다.

오, 오오! 제2의 작전! 과연 아이짱.

그럼 이제 흥정은 아무래도 좋으니, 빨리 그걸로 도와줘. 나, 이대로 가다가는 심장이 터질 것 같아.

"이걸 보라고, 악당들!"

아이짱이 그렇게 소리를 지르고는 가방 속에 손을 넣어 서류 다발을 꺼내 매직에게 내민다. 아, 저거 설마?

"여기 있는 건, 너희와 학장 대행 사이에 불투명한 금전 거래가 있다는 걸 증명하는 서류야! 얌전히 네프코를 넘기라고!"

끝났다! 이걸로 끝났지. 케이 일행이 열심히 조사해서 겨우 찾아냈구나.

아, 다행이다. 한순간 어떻게 하나 걱정했는데, 이제 나도 자유의 몸이 되는 건가.

"뭘 어쩌라고."

보라고, 매직 사장도 이걸로 항복해… 어라?

"잠깐잠깐, 무슨 소리야!"

예상을 뛰어넘는 매직의 말에 나는 저도 모르게 소리를 질렀다.

"알고는 있어? 저거 경찰에 넘기면 체포된다고? 형무소라고?

그래도 괜찮다는 거야?"

"그때까지 우리 목적은 달성하니까."

"구구구, 구교사 철거 공사를 못하면 돈도 못 번다고!"

"사소한 일이야. 게이트의 장소를 알게 된 이상 돈 같은 건 아무래도 상관없어."

나는 얼굴에서 핏기가 가시는 걸 느꼈다.

"아이짱, 이 사람들 아무래도 상관없다고 하는데요!"

"진정해 네프코, 어차피 허풍이라고!"

그 자리에서 휘청휘청 쓰러질 것 같은 나를 위로해 주는 것처럼 아이짱이 말했다.

"린다와 와레츄에게 명령해 네프코를 세뇌시키고, 구교사 철거 반대 운동을 막으려고 음모를 꾸미고⋯ 학장 대행과 결탁해 부정한 돈을 벌려는 게 아니라면 그렇게 공들여 일을 꾸미지 않는다고. 포기를 못 할 텐데."

서류 뭉치를 두들기며 아이짱은 열변을 토했다. 하지만, 하지만⋯

"아쿠쿠쿠, 바보 같으니라고. 아직도 모르겠나? 그런 건 여흥이라고, 여흥. 단순한 놀이에 지나지 않지."

트릭이 절망적인 한마디를 내뱉자.

"뭐라고!?"

거기에 맞은 것처럼 아이짱이 소리를 지른다. 나도 같은 심정이다.

놀이? 나는 겨우 그 정도 이유로 그런 지독한 일을 당한 거야?

"웃기지 말라고!"

반대편에서 느와르의 분노에 가득 찬 목소리가 날아왔다. 내 아픔을 대신 받아주는 것처럼, 눈에는 눈물이 어려 있었다….

"사람의 마음을 그런 이유로 가지고 놀다니…. 내… 내… 치, 친구에게 상처를 입히다니! 그런 건 절대 용서할 수 없어!"

"용서할 수 없으면 어쩔 건데? 이 몸과 싸우겠다는 건가? 그러면 해 보라고. 저쪽에 싸우고 싶어서 몸이 근질거리는 놈이 있으니까 상대를 해도 좋겠지. 하지만 네가 여신화해서 싸우는 사이에 친구라고 말한 이 꼬맹이는 어떻게 될까? 아쿠쿠쿠, 아쿠쿠쿠!"

"이… 비겁한 놈! 쓰레기 같은 놈! 부끄러움을 모르는 인간 같으니라고!"

"그래, 악당이 비겁한 건 당연한 일이지. 오히려 비겁하지 않은 악당은 이 몸이 본다면 악당이라고 할 수도 없어. 아쿠쿠쿠쿠!"

의기양양한 목소리로 트릭이 그렇게 말하자, 모두 아무 말도 못 하고, 주위에는 무거운 침묵만이 가득했다.

어라? 이거 위험하지 않아? 나, 구출되지 못하는 거냐?

그건 조금… 아니, 매우 곤란합니다만….

나는 천천히 아이짱을 바라본다.

아이짱은 어깨를 늘어뜨리고 고개를 숙이고 있다. 그 어깨가 가만히 떨리고 있다.

"네프코…"

고개를 숙인 채 아이짱이 내 이름을 불렀다.

"아이짱…"

나도 아이짱의 이름을 부른다.

그리고 아이짱의 입에서 믿을 수 없는 한마디가 흘러나왔다.

"… 다행이야"

응? 지금 아이짱 뭐라고 말한 거야? '다행이야'라고 말했지?

무슨 소리야, 좋은 일은 하나도 없다고, 왜 그런 말을 하는 거야?

"정말로 다행이야. 이걸로… 이걸로…"

이걸로 뭐? 설마, 설마, 0.1%도 믿고 싶지 않지만, 아이짱 처음부터 나를….

"이걸로 네프코의 누명은 완전히 풀렸어. 진짜 다행이네. 저 기분 나쁜 놈이 흥에 겨워 전부 자백한 덕분이야."

으음… 미안해.

무슨 상황인지 이해가 안 된달까. 나 지금 어떤 표정을 지어야 할지 모르겠어.

고개를 든 아이짱의 얼굴에 가득한 미소가 나를 혼란시킨다. 머릿속이 새하얘져 멍하니 있으려니,

"케이, 이건 좋은 그림이 되겠는걸, 그쪽은 어때?"

아이짱은 웃는 얼굴로 핸드폰을 꺼내더니 즐겁다는 듯 어딘가로 전화를 건다. 아무래도 케이에게 거는 것 같은데….

"응, 그럼 오케이, 알았어…."

몇 번인가 고개를 끄덕이고는 전화를 끊은 순간,

갑자기 내 바로 옆에서 강렬한 빛이 터졌다.

"뭐지!?"

"으아앗, 눈부셔!"

매직 일당의 놀란 목소리가 내 귀를 때린다.

"지금이야!"

느와르의 목소리가 매직 일당의 목소리에 섞였다고 생각하자마자, 갑자기 내 몸이 걷어차인 것처럼 붕 날아간다.

"우와아아! 뭐야! 무슨 일이야!"

나는 이상한 목소리를 내며 바닥을 뒹굴뒹굴 굴러간다. 밧줄에 묶여 있어 몸을 움직일 수 없으니 손발을 움직여 멈출 수도 없어 계속 굴러가기만 한다.

겨우 멈췄나 했더니,

"잘 돌아왔어. 화려한 귀환이네."

머리 위에서 조금 전까지 나와 마주 보던 아이짱의 목소리가 들려온다.

"응? 응… 돌아왔어?"

올려다보니 아이짱이 보인다.

"네푸네푸!"

"빨리 밧줄을 끊어야겠네요."

"가방에 커터가 있어."

컴파도 벨도 블랑도 있다. 그렇다는 건….

조금씩 머릿속이 정리된다. 블랑이 커터로 내 몸을 묶고 있던 밧줄을 자르고 둘러보니….

"자유의 몸이잖아?"

나는 확인하듯 그렇게 말했다.

"네푸네푸, 다행이네요."

팔, 움직인다. 허리, 잘 돌아가네. 호흡도 괴롭지 않아.

뭐가 뭔지 모르겠지만 나, 구출됐네! 다행이야!

… 이걸로 된 건가? 자신은 없지만.

IV

"어이, 이 영상 생방송이야?"

"그렇지 않을까? 아무래도 상관없지만, 이 안대를 한 누님 엄청나게 예쁜데."

로비, 학교 식당, 학교 안의 편의점, 체육관, 기숙사 안, 교직원 대기실에 체육관과 양호실, 그리고 기타 등등….

학교 안에 있는 모든 모니터에 같은 영상과 음성이 흘러나온 것은 오전 수업을 마치고 학생들이 한숨을 돌리려는 타이밍이었다.

영상은, 몰래카메라로 촬영했는지 흔들리는데다가 기계적으로 전체를 빠짐없이 촬영하고 있어 빈말로라도 보기 쉬운 건 아니었다. 계속 보고 있으면 멀미가 날 것 같다.

그래도 이스투아르 기념학원에 있는 모든 학생과 교직원들은 근처에 있는 모니터에서 눈을 뗄 수 없었다.

"어라? 저기 비치는 거, 구교사에 있던 동호회 연합의 부탁을 받아 철거 반대 운동을 하던 여신 후보생들 아니야?"

"그러네, 바로 이상한 본색을 드러내 짜증이 났는데…. 그런데 왜 저렇게 묶여 있는 거야?"

거기에 비치는 영상이 너무나도 충격적이었기 때문이다.

학원 부지 내인 듯한 넓은 광장처럼 보이는 곳에서 교복을 입은 소녀와 마주 보고 선 기묘한 용모의 거한, 그리고 퇴폐적인 분위기를 뿜어내는 미녀라는 구도도 있었지만.

'여기 있는 건, 너희와 학장 대행 사이의 불투명한 금전 거래가 있다는 걸 증명하는 서류야! 얌전히 네프코를 넘기라고!'

'알고는 있어? 저거 경찰에 넘기면 체포된다고? 형무소라고? 그래도 괜찮다는 거야?'

거기에 비친 인물들이 말하는 내용이 귀를 잡아끄는 것이었다.

"어라어라어라? 뭔가 위험한 얘길 하고 있는데! 학장 대행, 뭐 하는 거야!"

"어? 뭐지 이거? 넵튠이 악당에게 붙잡힌 건가?"

학교 식당에서 점심으로 라면을 먹던 학생이 젓가락질을 멈추고 그렇게 말하는가 하면,

"주임, 이거 학과장에게 보여줘야겠는데요. 큰일이잖아요!"

"앉아서 보자고!"

교직원동도 웅성거리는 분위기가 지배하고,

"이거 재미있어졌는데요."

"벨도 나오니까요. 그렇다는 건 그녀는…"

학내 살롱에 모였던 상류계급의 자제들도 마른침을 삼키며 상황을 지켜보던 가운데, 드디어 결정적인 영상과 음성이 학원 구석구석까지 울려 퍼졌다.

'린다와 와레츄에게 명령해 네프코를 세뇌하고, 구교사 철거 반대 운동을 막으려고 음모를 꾸미고…. 학장 대행과 결탁해 부정한 돈을 벌려는 게 아니라면 그렇게 공들여 일을 꾸미지 않는다고. 포기를 못 할 텐데.'

'아쿠쿠쿠, 바보 같으니라고. 아직도 모르겠나? 그런 건 여흥이라고, 여흥. 단순한 놀이에 지나지 않지.'

'이… 비겁한 놈! 쓰레기 같은 놈! 부끄러움을 모르는 인간 같으니라고!'

'그래, 악당이 비겁한 건 당연한 일이지. 오히려 비겁하지 않은 악당은 이 몸이 본다면 악당이라고 할 수도 없어. 아쿠쿠쿠쿠!'

그 순간 이스투아르 기념학원은 말 그대로 끓어올랐다.

"밥 먹고 있을 때가 아니잖아!"

"이건 축제다 축제! 뒤쳐지지 말라고!"

"RT희망·학장 대행, 여신 후보과의 학생을 위기에 빠뜨리다! 담합 상대는 악덕 업자인가? … 이려나."

"거짓말! 믿을 수 없~어! 넵튠 너무 불쌍하잖아!"

"항의하러 가자, 우리도 속았잖아!"

그렇게 학원을 석권한 열기는 넘실거리는 파도가 되어 끓어올랐다.

그러한 일종의 패닉과도 같은 열기 속에서, 모니터에서 나오는 음성과는 별도의 학내 방송이 나온 영상이 처음 흘러나왔을 때부터 십여 분 정도 지난 뒤였다.

'아, 학생들에게 전달한다. 방금 전 임시 교직원 회의가 열리는 게 확정됐다. 이 자리에서 학장 대행에게 사태의 경위를 들을 예정이다. 그러니 너희는 진정하고 절도 있는 태도를 유지하도록. 학생의 본분을 잊지 않고 오후수업에 임해 줬으면 한다. 이상.'

하지만 이미 늦었다.

그 정도의 '진화'로는 달궈진 돌에 물이 아니라 반대로 불에 기름을 끼얹은 격이라는 걸 방송을 내보낸 교직원들은 알았어야 했다.

실제로 이 방송이 마지막 방아쇠가 되어, 학원 전체는 오후수업은 아무래도 상관없는 대혼란에 돌입했다.

※

"… 이게, 지금까지 학원에서 일어난 일이야. 뒤에서 수고해준 건 케이와 치카 선생이지만."

와아, 굉장히 자세한 설명, 고마워, 아이짱. 마치 소설을 읽는 것만 같았어.

"처음부터 세 단계로 짠 작전이었다고. 후우, 잘 돼서 다행이네."

아까의 섬광으로 허둥대는 매직 일당을 흘끔 쳐다보며, 느긋하게 합류한 느와르가 득의양양하게 트윈테일을 손으로 쓸어 올리며 말했다.

"내 명연기도 근사했지?"

"연기라니, 여전히 솔직하지 않네요."

벨이 생긋 웃으며 폼잡는 느와르를 콕콕 찌르면서 말한다.

곧바로 느와르의 얼굴이 빨개지더니,

"뭐, 뭐냐! 연기라고 했잖아! 나는 교, 교사가 부정을 저지르는 걸 용서할 수 없는 것뿐이라고…"

화를 내며 벨의 손가락을 떨쳐내려고 한다.

나는 그 손을 잡고,

"느와르, 고마워."

벨에게 지지 않는 웃는 얼굴로 말했다.

"아…. 저기…. 뭐 이번 건은 빚을 진 걸로 해 두라고. 덤으로, 어디까지나 덤으로! 네 누명을 벗겨줬으니 감사하라고."

"정말로 솔직하지 않다니까. 나를 친구라고 한 것도 연기야?"

"그, 그렇게 말한 적 없어!"

"우후후, 글쎄다. 학교에 영상이 흐르고 있다고? 녹화된 거 아니야? 나중에 조사해 볼까나."

우쭐해진 내가 이번에는 부끄러워하는 느와르를 콕콕 찌르고 있으려니

"우, 웃기지 말라고!"

분노에 찬 목소리가 울려 퍼진다.

물론 느와르는 아니야. 음원은 저쪽. 아이짱에게 속아 넘어간 트릭이다.

어떤 얼굴로 화내고 있는지 보고 있으려니,

"뭐가 남아있는 삼종의 신기냐! 이 몸을 속이다니! 용서 못해!"

실은 신기라고 하고 건네준 세 물건에 몰래카메라와 강력한 플래시 발생장치가 설치돼 있다는 걸 알게 된 트릭은 그걸 전부 바닥에 던지고는 발로 짓밟고 있었다.

"아쉽네. 그 카메라. 원격조작으로 영상을 보낼 수 있지만 녹화기능은 없다고."

내 머리에 손을 얹은 느와르가, 여유 있는 말투로, 하지만 안도한 듯한 얼굴로 말했다.

물러, 무르다고 느와르. 재미있는 걸 좋아하는 우리 학교 학생들이 녹화를 안 했을 리 없잖아. 아마 어딘가의 동영상 사이트에 올라갈 거야.

뭐, 지금은 가만히 있기로 하자.

그 즐거움은 식후의 디저트. 지금은 눈앞의 메인 디쉬를 먹어 치워야지.

"어떠냐! 우리의 우정 연계 플레이! 너희는 처음부터 우리 손 안에 있었던 것이다!"

지금까지의 원한과 분노를 토해낼 생각으로 나는 자신만만한 얼굴로 한껏 으스댔다.

"네 개의 신기도, 다른 세계의 게이트도 처음부터 거짓말이라고! 뻥이었다고! 아쉽네요!"

"네놈…. 하지만 이 검에는 퍼플하트의 흔적이…."

매직은 빠드득하고 소리가 들릴 것처럼 이빨을 악물고 얼굴을 일그러뜨리면서 마지막으로 단 하나 남은 퍼플하트의 검을 바라보며 쥐어짜 내는 듯한 목소리로 말했다.

앗, 그렇지! 저건 돌려받아야 하는데. 그러자,

"아아, 그건 진짜야. 소중한 것 같으니 돌려받아야겠지."

태연스럽게 아이짱이 말하고는 기세 좋게 손을 흔들었다. 동시에 아이짱의 손에서 가느다란 와이어 같은 것이 검을 휘감더니 재빨리 매직의 손에서 낚아챈다.

완전히 기습공격.

저항할 새도 없이, 튕기듯 매직의 손에서 벗어난 검은 공중에서 한 바퀴 돌고는 내 눈앞으로 내려온다. 푹 하는 소리와 함께 지면에 박힌 검은 마치 '빨리 뽑아줘'라고 호소하는 것만 같았다. 당연히 뽑아줘야지. 딱 달라붙는 것처럼 손에 익은 검을 들고 나는 무심코,

"어서 와."

라고 소리 내어 말했다.

나는 나도 모르는 새 자연스레 검 끝을 매직 일당에게 겨누고 있었다. 그리고 나서야 검을 겨눴다는 걸 알았다. 하지만 당연하잖아.

"여신의 징벌 타임, 시작해 볼까?"

나는 말했다.

"그야, 온 힘을 다해서."

"물론 저도 도와드리죠."

"… 동생들에게까지 독니를 드러낸 죄는 크다고."

네, 그럼 결정.

모두, 준비는 됐지? 자, 변신이야!

BOSS BATTLE

반짝이는 보랏빛이 내 몸을 감싼다.

목덜미의 머리카락이 뻗을 때의 근질거리는 감각. 가슴이 부풀어 오르고 키가 커질 때 느껴지는 높은 곳에서 갑자기 공중으로 내던져지는 것 같은 부유감. 그리고 전신의 근육이 조이는 듯한 긴장감.

… 응, 좋았어. 여느 때와 다르지 않아.

눈을 뜨자, 키가 커져 아까와는 조금 다르게 보이는 세계가 나를 맞이한다. 이것도 여느 때와 같다. 변신 완료.

"아이짱, 컴파를 부탁해. 바로 끝낼 테니까 그때까지 안전한 장소에서 기다려줘."

"알았어. 컴파, 이쪽이야."

"네푸네푸, 조심하세요."

내가 변신을 마치자 긴박하게 돌아가는 공기를 느낀 아이짱이 컴파의 손을 잡고 숲속으로 사라진다.

그걸 지켜본 뒤에,

"매직 더 하드, 네가 어떻게 해서 이 세계에 왔는지는 모르겠어. 하지만 알 수 있는 건 너에게 씌인 그 몸의 주인을 해방시켜 주지 않으면 안 된다는 거야."

나는 다시 한번 검 끝을 매직에게 겨누었다.

"네가 말한 것처럼 이 검에는 여신 퍼플하트의 마음과 힘이 담겨 있어. 검이 호소하고 있다고. 마제콘느처럼 과거의 패배를 인정하지 못하는 불쌍한 자들의 혼을 내 손으로 정화해 달라고."

"잘난 척 하지 말라고 여신들. 나는 반드시 마제콘느님의 유지를 이어받는다."

내 말에 매직은 조용히 대답하고는 한걸음 물러서는 것처럼 발을 뒤로 뺀다.

공격하는 건가!? 양손으로 검을 바로잡고 나는 전투태세를 취한다. 하지만 매직은 그대로 나에게 등을 돌리더니,

"하지만… 지금은 아직…."

도대체 무슨 생각인 걸까, 매직은 그 자리를 떠나려는 것 같았다. 그걸 알아챈 트릭도,

"과연 사장은 현명하다니까. 말려야 하나 생각했다고."

매직에게 동조하며 우리와 멀어지려 한다.

"도망치려고!? 장난치지 말라고! 그런 건 용서 못 해!"

그걸 본 느와르가 눈썹을 찌푸리며 소리친다. 변신하면 조금 호전적인 성격으로 변하는 것도 있어, 말릴 틈도 없이 맹렬하게 매직 일당을 향해 돌진한다.

거기에 질풍처럼 끼어든 그림자가 있었다.

그 그림자─그때까지 벌어진 우리의 구출극에 아무런 관심도 보이지 않고 그저 가만히 타고 온 트럭 앞에서 움직이지 않았던 저지가, 위에서부터 휘두른 느와르의 참격을 팔 하나로 막았다.

"기다리고 있었다…. 기다리고 있었다고!"

그 마른 몸의 어디에 이런 힘이 숨어 있었는지, 느와르의 손

목을 위에서 누르는 것처럼 단단히 움켜쥔 저지가

"우오오오오!"

우렁찬 외침과 함께 느와르의 몸을 집어던진다.

"꺄아악!"

"위험해!"

빙글빙글 하늘을 나는 느와르를 낙하지점에 뛰어든 블랑이 끌어안는다.

"크웃, 뭐지 저 녀석, 이쪽은 변신했는데!"

"알 게 뭐야! 제길, 비쩍 마른 주제에 힘이 굉장해!"

"그건 나중에 생각하죠. 매직이 도망친다고요! … 이렇게 되면 내가!"

"나도 같이!"

벨이 서로 얽혀 있는 느와르와 블랑을 뛰어넘어 저지의 머리 위로 뛰어들어 힘을 모은 혼신의 찌르기를 내지른다. 동시에 내가 지면을 스치듯 낮은 궤도에서 검을 휘두른다.

아래위에서의 동시 공격, 완벽하게 잡았다고 생각한 그 연계 공격도.

"히야아아아!"

저지는 기묘한 소리를 내며 날렵하게 뒤로 굴러 피한다. 간신히 나부끼는 정장의 소매와 넥타이를 베었지만 그뿐이다.

"좋아, 좋다고. 역시 싸움은 최고라니까. 나는 다시 한번 이 순간을 기다리고 있었다고!"

무참한 모습이 된 넥타이를 목에서 잡아떼듯 풀어버리고, 정장도 셔츠도 똑같이 벗어 던진 저지가 상반신을 드러냈다.

상상 이상으로 가늘고 시든 나무 같은 육체. 우리의 공격을 제대로 받아낼 수 있을 것 같지 않았다.

"어이, 매직. 도망가려면 도망가라고. 하지만! 앞으로는 나 좋을 대로 할 거다! 다시 회사 놀이를 할 거면 좋을 대로 해. 단, 나는 빠질 거야. 여신 네 명과 한꺼번에 싸울 수 있는 찬스를 내던지면서까지 어울리고 싶지 않아!"

드러난 관절을 뚝뚝 꺾으며 저지는 말했다. 얼굴은 우리를 향하고 매직은 보려고도 하지 않는다.

"… 좋을 대로 해. 가자, 트릭."

"결국, 뇌가 근육인 그 사고방식은 고쳐지지 않는군. 역시 전투 중독이야. 뭐 어쩔 수 없지. 그건 이별 선물로 주도록 하지. 잘해 보라고, 아쿠쿠쿠쿠…."

매직도 자신들이 도망치도록 방패가 되어 준 동료에게 예의라고는 하나도 없다. 너무하네.

"어떻게 할까요? 두 팀으로 나누는 방법도 있는데요?"

이미 꽤나 멀어진 매직의 등을 분하다는 듯 바라보면서 벨이 말했다. 나는 바로 고개를 젓는다.

"그럴 여유는 없을 것 같아. 저지와 마주한 순간부터 검이 굉장한 반응을 보이기 시작했어. 마제콘느를 상대할 때처럼 말이야."

그렇게 말하고, 내가 모두에게 주의를 줄 때였다.

갑자기 쿠웅, 아랫배가 울리는 듯한 폭발음이 들리는가 싶더니.

"넵튠! 벨! 피해!"

옆에서 거대한 금속 덩어리가 이쪽을 향해 날아오는 게 보였다. 느와르의 목소리에 바로 반응한 나와 벨은, 간신히 상공으로 날아오르고서야 그 덩어리와 폭발음의 정체를 알게 되었다.

트럭이다.

저지가 어디선가 가져온 커다란 트럭의 콘테이너 외벽이 폭발하여 그 파편이 우리를 덮친 거였다.

폭발시킨 건 저지 이외에는 없다. 하지만 왜 이런 짓을?

그런 의문은 바로 풀렸다.

"저건 뭐지!?"

외벽이 날아간 컨테이너 안에서 거뭇거뭇한 무언가가 나타나 블랑이 깜짝 놀라 소리를 질렀다.

나도 저도 모르게 숨을 삼킨다.

그건 마치 거대한 갑옷 같았다. 등에 흉악한 몬스터의 손톱 같은 날개를 달고, 좌우의 어깨에서는 사슴벌레의 턱을 몇백 배나 거대화한 것 같은 돌기가 솟아올라 있다.

손에는 무기가 들려 있다. 창과 양날 도끼를 합친 포크 액스다.

'갑옷'의 정체도, 무기도, 그걸 구성하는 생각 모두가 파괴와

살육을 목적으로 한 광기에 넘쳐흘렀다.

그 '갑옷'이 짐승의 울부짖음과 비슷한 끼긱거리는 소리를 내며 천천히 움직인다. 거기에.

"이제부터가 시작이라고 여신들! 내 진심과 너희의 진심을 어디 한번 부닥쳐 볼까!"

저지의 광기 어린 목소리가 겹친다.

"히얏하하하하하하!"

기묘한 소리를 내면서 저지가 '갑옷'을 향해 달려가 뛰어올랐다. 그러자 갑옷의 가슴 부분이 끼긱거리더니 사람이 들어갈 정도의 사이즈로 열리고 그 틈으로 저지의 몸이 빨려 들어간다.

"설마, 저런 게 공사용 장비라고 말하지는 않겠지? 건설회사가 가지고 있을 만한 물건이 아니잖아."

반은 질렸다는 듯, 느와르가 갈라지는 목소리로 말했다.

"아무리 봐도 불법 파워드 슈트잖아요! 이건 군대가 출동해야 할 레벨이라고요."

"그런 말 해 봤자 지금은 우리밖에 없다고! 할 수밖에 없어!"

블랑이 말한 대로다. 여기서 우는 소리를 내 봤자 아무것도 시작되지 않는다.

저런 게 날뛰면 학원이 엉망이 되겠지.

이미 매직도 트릭도 혼란을 틈타 도망쳤다. 다시 녀석들을 쫓기 위해서라도 이 거대화한 저지 더 하드를 쓰러뜨리고 정보를 얻는 수밖에 없다.

그런 걸 생각하고 있는 사이에도 지상에서는 느와르와 블랑이 저지에게 맹공격을 가하고 있었다. 그걸 보면서 나는,

"전에도 이런 일이 있었지."

곁에 있는 벨에게 말을 걸었다.

"그 바위 괴물도 강한 상대였지만, 저의 적은 아니었어요. 이번엔 자신이 없으면 거기서 저의 화려한 기술을 보고 있어도 된다고요."

"농담이지? 주역은 일단은 나라고."

"그렇다면 주역에 어울리는 활약을 보여줘야겠죠?"

"바라던 바야!"

나는 검을 들고 아래에 있는 저지에게 달려들었다 그 뒤를 벨이 뒤따른다.

아래쪽에 있는 두 명에게는 미안하지만, 미끼가 되어주는 거로 하고 나와 벨은 저지의 뒤와 등으로 돌아가 각각 무기를 휘둘렀다.

하지만,

"오호, 그렇게 놔둘까 보냐!"

거구에 어울리지 않는 재빠른 동작으로 몸을 돌린 저지가 오른손의 무기로 느와르와 블랑의 공격을 막고는 왼손을 휘둘러 벨을 쳐낸다.

조금 빨리 공격을 했던 덕분에 그 공격을 피한 내 머리 바로 위로 저지의 팔이 지나가, 그 바람이 머리카락을 흩날렸다. 아슬

아슬하게 안쪽으로 날아 들어간 나는 저지의 왼쪽 옆구리에서 어깨의 관절 부분을 노려 검을 찔렀다.

맞았어! 손잡이 부분까지 검이 박힌 저지의 어깨에서 푸르스름한 액체가 세차게 뿜어 나오나 했더니 그게 한순간에 기화해 새하얀 서리가 내린다.

"제기라알!"

저지가 그렇게 외치면서 무기를 든 오른손을 위로 올려치자 나는 필사적으로 그걸 쳐낸다. 저지의 몸에서 검을 뽑아내고 간신히 이탈했을 때,

"잘했어요!"

자세를 가다듬은 벨이 교대하듯 날아들어 저지가 휘두르는 포크 액스의 끝 부분에 정확히 창을 찔렀다.

금속이 부딪히는 시끄러운 소리가 울려 퍼진다. 정면으로 충돌한 힘이 빗겨 나갈 새도 없이 그 자리에서 튕겨, 벨과 저지는 서로 밀어내는 자석처럼 몸이 뒤로 밀려난다.

"지금이야!"

"먹어라!!!"

그 찬스를 노려 도약한 느와르의 검이 저지의 머리를, 선 자리에서 계속 버텨내다 공격한 블랑의 도끼가 허리에서 아래쪽을 덮고 있던 장갑을 각각 직격했다.

느와르의 검은 머리에 달린 삼각뿔을 날려버리고, 블랑의 도끼는 파워드 슈트에 단단히 박혀 빠지지 않는 걸 그대로 힘으로

당겨 도끼째로 장갑의 일부를 벗겨낸다.

객관적으로 보면 여기까지는 우리가 유리했다. 내가 어깨 관절을 찌른 탓에 왼손은 전혀 움직일 수 없고, 벨의 공격으로 무기도 박살 났다. 그리고 지금 느와르와 블랑의 공격. 확실히 압승이라고 해도 과언이 아니다.

하지만 뭔가 이상하다. 너무 일방적이지 않아? 우리가 너무 강한 건가? 이나, 그건 아니야.

"왼손이 움직이지 않잖아! 제길! 짜증나!"

짜증스럽다는 듯 저지가 몸을 흔들었다.

그러자 생각지도 못했던 일이 일어났다. 그 동작으로 거대한 왼손이 어깨에서 떨어져 나가 쿵 하는 소리와 함께 땅으로 떨어졌다.

내 검은 확실히 왼팔을 꽤 망가뜨렸지만, 위에서 아래로 잘라낸 건 아니다. 그렇게 팔이 떨어져 나갈 정도의 대미지라는 생각은 들지 않는다.

"아아, 뭐야 정말! 팔 하나를 빼냈는데도 가벼워지지 않잖아! 움직이기 어렵다고!"

아무래도 상태가 이상했다.

몇 분 동안 벌어진 전투로 저지의 몸—정확히는 저지가 입고 있는 파워드 슈트의 전신에서 아지랑이가 피어올라 등 뒤의 풍경이 일그러진다. 그리고 장갑 사이에서는 하얀 연기가 피어올라, 다른 세 명도 이변을 눈치챈 것 같았다.

"과열된 거 아냐?"

무슨 일이 일어날지 몰라 방심하지 않고 무기를 든 채로 느와르가 말한다. 그걸 들은 블랑이

"그런가, 그런 건가…. 불쌍한 녀석이로군."

이라고 작게 중얼거린다.

"어떻게 된 거죠?"

"도망치기 전에 트릭이 했던 말을 떠올려 봐."

블랑이 가여운 녀석이라는 말처럼 어딘가 슬퍼 보이는 눈으로 블랑을 바라보았다.

트릭의 그 말…. 뭐라고 했더라.

"확실히 배틀 중독이라든지, 그건 이별 인사 대신 준다든지. 잘해 보라든지, 그런 얘기를 했죠"

그리고 마지막의 그 기분 나쁜 웃음소리.

상대를 바보 취급하는 기분 나쁜 웃음소리를 나는 떠올리고는,

"과연, 그렇구나."

가만히 고개를 끄덕였다. 블랑의 말과 슬퍼 보이는 눈의 의미를 알게 되었기 때문이다.

"왜 그래, 여신들! 덤비라고! 더 나를 즐겁게 해 줘! 팔 하나 잘린 것 정도로 끝이라니, 재미없잖아! 온 힘을 다해! 온 힘을 다해 덤벼 봐!"

이제는 온몸을 감쌀 정도로 진해진 연기 속에서 저지는 말했

다. 온 힘을 다해 덤비라며 남은 팔로 우리를 도발하는 것처럼 손짓하지만, 그 움직임은 느릿하고 서툴렀다.

"이제 그만두자."

나는 저지에게 말을 걸었다.

"너는 버려진 거야. 그 배틀 아머는 원래 격렬한 전투에 견딜 수 있는 물건이 아니야. 너는 처음부터 만일의 상황에 미끼로 버려지기로 정해진 거라고. 그 아머를 준비한 건 누구지? 트릭?"

"그게 어쨌다는 거야. 너희하고는 상관없잖아! 너희는 싸우고 싸워서 내 목마름을 채워주기만 하면 돼! 그런데 그만두자니! 장난 하냐! 덤비지 않으면 이쪽에서 가 주지!"

역시 그렇구나.

하지만 저지 자신은 자기가 도구처럼 버려졌다는 사실을 모르고 있다. 가여운 녀석…. 정말로 블랑이 말하는 대로다.

이쪽에서 가겠다고 위협을 하지만 저지는 꿈쩍도 하지 않는다. 아니 움직일 수 없는 것 같다. 피어오르는 연기는, 어느새 색이 흰색에서 회색, 그리고 검은색으로 변해 갔다. 거기에 더해 어깨, 무릎, 허리…. 관절 곳곳에서 푸르스름한 불꽃이 흩어진다.

"왜 이래! 왜 움직이지 않는 거야! … 아 젠장! 짜증나!"

덜컹, 소리를 내며 가슴 부분의 장갑이 열렸다. 거기에 보이는 건 벌거벗은 상반신에서 폭포처럼 땀을 흘리며 몇 번이고 몇 번이고 어깨를 들썩이며 거친 숨을 쉬는 저지의 본 모습이었다.

"이런 장난감이 없어도 나는 싸울 수 있다고! 싸우고 싶어! 저쪽 세계에서도 계속 싸워 왔잖아? 싸울 때만이 내가 살아있다는 실감이 난단 말이야! 약한 녀석들을 때려죽이는 것도 즐겁지! 강한 녀석들과 목숨을 깎아가며 겨루는 것도 즐겁고! 싸움이다… 싸움이야말로 내 전부야!"

전투 도중 일그러진 조종석에서 몸을 비틀어 허리와 다리를 빼내 기어나오려 몸부림치면서도 저지는 헛소리처럼 계속 이야기한다.

"그런데 이쪽에 와 보니 어디를 가도 다들 멍한 낯짝으로 돌아다니고, 아무도 나와 싸우려 하지 않아! 너희는 다르겠지. 너희는 나를 즐겁게 해 줄 거야. … 계속 싸우자고, 좀 더 좀 더 좀 더! 내가 살아있다는 증거를 보여달라고오오오!"

더는 보고 있을 수 없었다, 나는 미친 듯 울부짖는 저지에게서 눈길을 돌렸다.

"안 돼, 넵튠."

어느새 다가온 느와르가 그런 나의 어깨에 손을 얹는다.

"도와줘야지. 여신의 진짜 사명은 적을 쓰러뜨리는 게 아니야. 괴로워하는 사람들을 구하는 거잖아. 그렇지?"

"느와르…."

"저래서야 씌인 몸이 버틸 수 있을지 모르겠는데…. 정신이 나간 저쪽도, 이쪽의 이 녀석도, 둘 다 구할 수 있는 건 넵튠뿐이야."

"블랑, 하지만 어떻게 해야 하지?"

"그 검이 있잖아요. 마제콘느 선생도 그 검으로 구해줬죠? 똑같이 하면 돼요. 분명히 될 거에요."

벨이 검을 쥐고 있는 내 손 위에 가만히 손을 겹쳤다.

느와르의 손이, 블랑의 손이 나에게 겹친다. 세 명의 손에서 전해지는 온기와 마음이, 나를 움직이게 했다.

"부탁이야…. 퍼플하트, 한 번 더 나에게 힘을 빌려줘."

나의… 우리 네 명의 손이, 검을 하늘로 들어 올린다. 그리고 나는 봤다.

대마녀 마제콘느의 저주를 깼을 때 검을 감싸던 그 희미한 보라색 빛을.

"싸움이다! 싸움! 싸움을 원해! 살을 찢고, 뼈를 부수고, 생명을 마시는 최고의 싸움을 하고 싶다고! 영원히 끝나지 않는 싸움!"

배틀 아머의 조종석에서 빠져나오는 데 성공한 저지가 우리를 노리고 돌진해 온다.

"모두, 간다!"

저지 더 하드, 나는 당신이 다른 세계에서 어떤 인생을 보냈는지 잘 몰라. 왜 당신이 그렇게까지 싸움에 집착하는지도 모르겠고.

하지만 이 검이 당신의 영혼을 평온한 곳에 이끌어 주기를…. 여신의 축복이, 당신에게도 내리기를….

진심에서 우러나오는 마음을 담아서.

EPILOGUE

"숨은 제대로 쉬고 있어, 괜찮아."

"좋았어. 그럼 옮기자. 영~차 영~차."

아이짱이 불러준 구급대원 아저씨가 정신을 잃은 저지를 들것에 옮기는 것을 우리는 변신을 풀고 피곤한 얼굴로 지켜보았다.

"이걸로 된 걸까?"

피곤해진 내가 땅에 걸터앉아 말하니.

"저, 계속 보고 있었어요. 네푸네푸, 다들, 열심히 해 줬어요."

내 뒤에서 가만히 어깨를 끌어안으며 컴파가 말했다.

그 다정함이 정말로 기쁘다. 덤으로 머리에 얹혀 있는 가슴이 무거워.

"결국, 주범이 도망간 게 아쉽네. 물어보고 싶은 게 많았는데."

아이짱이 분하다는 표정을 감추지 않고 그렇게 말한다.

"린다와 와레츄는 어떻게 됐어?"

벨이 그렇게 물어보자,

"행방불명. 어딘가에 숨어서 사태를 지켜보고 있을지도 모르지만, 재빠르기도 하시지."

아이짱이 두 손을 들며 고개를 젓는다.

"조무래기들은 아무래도 상관없어. 학장 대행의 실각은 틀림없고, 넵튠의 퇴학 처분도 취소됐으니 다행이네."

"또 TV나 신문에서 쫓아다닐 것 같은데."

느와르와 블랑도 역시나 힘이 빠진 듯하다.

"넵튠이 입학했을 때부터 쉴 틈이 없다니까."

그렇게 말해봤자 블랑, 내 탓은 아닌 것 같은데.

내가 사건을 일으키는 게 아니라 사건이 나에게 다가오니 어쩔 수 없잖아.

하지만 지금은 그것보다도….

"배고프다. 그리고 졸려 죽을 것 같아."

이 문제가 훨씬 심각하다.

나는 한구석에 놔둔 검을 지팡이 대신으로 이용해 일어났다.

그 순간,

"오오오! 뭐지? 뭐지 뭐지?"

또 야, 또 제멋대로 검이 나를 잡아당긴다아아아!

어? 이 타이밍에? 여기서 새로운 이벤트 발생이라니, 좀 봐주라고.

"네, 네푸네푸! 어디로 가는 거예요? 기숙사는 그 쪽이 아니라고요!"

"나한테 말하지 마! 예전처럼 검이 제멋대로!"

어쨌거나 따라와! 아니 혼자 놔두지 마!

다른 한쪽 손으로 다른 애들에게 손짓하면서 나는 달린다. 끌려간다.

열려 있던 비밀 기지의 입구를 지나, 일직선으로 지하로 내려간다.

여기로 데려간다는 건, 설마….

모두가 한 줄로 지하로 내려가자, 내 예상대로 눈 부신 빛이 흘러넘치고 그 빛 안에는 둥실둥실 떠 있는 작은 여자아이가 있었다.

"잇승!"

내가, 그 아이-잇승(이겠지?)의 이름을 부르자, 잇승은 전에 만났을 때와 같은 미소를 지었다.

"오랜만이네요. 저쪽 세계의 여러분."

겨우 만났다.

나는 굴러가는 것처럼 잇승에게 다가가, 손에 든 검을 내밀었다.

"이거! 이거 또 다른 나에게 돌려줘야 할 것 같아서 계속 기다리고 있었어. 그리고, 그리고 마제콘느 말고도 이쪽 세계에 나쁜 놈들이 와서, 정말로 아까 전까지 우리는 그 녀석들과 싸웠고…."

말하고 싶은 게 산처럼 쌓여, 그게 모조리 입으로 흘러넘쳐 멈추질 않는다.

"네푸네푸, 진정하세요."

보다 못한 컴파가 말릴 때까지 나는 켜 놓은 라디오처럼 계속해서 떠들고 있었다.

"또 힘들게 해 드렸네요."

이야기를 들은 잇승은 미소를 지우고 진지한 얼굴이 되더니,

"여러분이 싸운 건, 우리의 세계에서 대마녀 마제콘느를 따르

던 마제콘느 사천왕이라고 불리던 자들이에요. 마제콘느가 쓰러지면서 소멸했다고 생각했는데… 설마 마제콘느처럼 이쪽 세계에서 다른 자신을 찾아내 씌었으리라고는 생각을 못 했어요."

미안하다는 듯이 그렇게 말한다.

"왜 이런 일이 일어나는 건가요? 두 개의 세계를 이어주는 구멍은 이제 봉인한다고 넵튠이 말했는데."

지친 나를 대신해 느와르가 물어보자,

"그 원인은 여러분의 세계에 있어요."

잇승이 또 충격적인 말을 전한다.

"저는 오늘, 그걸 여러분께 전해 드리러 왔어요. 그리고 그에 따른 세계의 위기를."

세, 세계의 위기!?

충격적인 고백 2연타!

"하지만… 그걸 모두 여러분께 전하기에는… 시간이 없어요. 불안정한 차원 간의 게이트를 통해… 제가 이쪽 세계에 있을 수 있는 시간은 아주 짧아요…."

충격적인 고백 2연타에서 이야기를 계속하려던 잇승의 모습이 일그러져 보였다.

전과 똑같이 소리에도 잡음이 섞여서 듣기 어려워진다.

"잇승!"

"그러니, 지금부터 이야기하는 두 가지를 잘 들으세요. … 하나는 여러분의 세계를 구하는 열쇠는 넵튠에게 맡겼던 그 검에 있다는 것…. 또 하나는… 이쪽 세계의 나와 만나서… 이야기를 들으세요. 여러분을 또 하나의 나에게 이끄는 만남이… 곧…."

기다려, 기다려 잇승! 아직 사라지지 마!

어떻게든 잇승을 이 세계에 잡아두려고 나는 손을 뻗었다. 잇승의 몸을 붙잡고 억지로라도… 라고 생각했지만 내 손은 잇승의 몸을 통과한다. 실체는 없구나.

"부탁이에요…. 부디 여러분의 손으로… 두 세계의 위기를…. 소멸이 시작돼요…."

치이익, 전파가 끊어진 TV처럼 잇승의 모습은 사라졌다. 사라져 버렸다.

"잇승…."

내 목소리에 잇승은 대답해주지 않았다.

그리고. 내 손에는 퍼플하트의 검이 남아 있었다….

※

그리고 며칠 뒤, 조금 생활이 진정된 우리는 방과 후 체육관에 모였다.

도망친 매직과 트릭은 지금 어디에서 무엇을 하고 있는지 알 수 없는 게 신경이 쓰이기도 하고, 잇승이 말한 세계의 위기나,

또 하나의 잇승과 만나라는 심각한 플래그들이 여전히 남아 있다.

하지만 그것과는 별개로, 나는 나대로 결판을 지어야 할 일이 있었다.

… 라고 폼을 잡아봤자, 그 순간이 되니 내 마음에 살짝 후회가 밀려온다.

'음, 저기, 이번에 저 넵튠 덕분에 학원의 여러분을 어수선하게 했던 데에….'

나는 주목을 받는 걸 좋아하지만, 이건 좀….

체육관 무대 위에서 방송부의 스태프에게 마이크를 넘겨받아 '그럼 부탁합니다'라고 던져진 예상외의 사태에. 내 뇌세포 중 몇 천 개 정도는 일하는 걸 방치하고 휴면 중이다.

'음, 깊은 사과 말씀을….'

눈앞에 늘어선 학생들의 수는 오백 명? 육백 명? 그것만이 아니다. 체육관을 둘러싼 이 층, 삼 층 좌석에 모인 사람들을 포함하면 천 명 이상은 될 것 같다.

'앞으로도 수상쩍은 사람의 유혹에는 넘어가지 않도록 주의하도록 하고'

아, 저편에 TV 카메라가 있어. 세 대나 있잖아. 설마 지난번의 생중계처럼 전교에 나오는 건가. 으아아아….

'학생으로서의 자각을'

그, 그거야 내가 말한 거잖아?

"어떠한 이유가 있다고 해도 학교의 모두에게 폐를 끼친 건 사과하고 싶어."

그렇게 말했지만. 하지만 아무리 뭐래도, 다른 방법이 좋지 않았을까 생각한다.

'자각을….'

아, 안 되겠어. 안 돼. 진짜 기억이 안 나. 컴파랑 아이짱과 함께 밤새워 연습한 내용이 긴장한 나머지 땀구멍에서 증발해 빠져나간다.

어떻게 하지? 어떻게 하지? 너라면 어떻게 할 거야?

어떻게든 될 리가 없잖아! 전부 잊어버렸다고! 그래, 나도 못하는 것 정도는… 있다고!

아아, 이제 됐어. 그만둘래, 처음부터 나답지 않은 일을 하려던 게 잘못이라고.

'아, 미안해 미안! 지금 건 없었던 걸로!'

폐에 가득 숨을 들이쉬고 한번에 내쉰 뒤, 나는 이층을 넘어 체육관 전체에 쩌렁쩌렁 울리는 큰 목소리로 외쳤다.

스피커에서 나오는 소리가 갈라진다. 당연히 지금까지 조용히 듣고 있던 아이들도 멍한 표정이지만 이젠 신경 쓰지 않을래.

'어쨌거나, 폐를 끼쳐서 미안해! 그리고 반성하고 있어! 그리고 이번엔 너그럽게 봐줬으면 하고. 다시 한번!'

한숨을 쉬고, 무릎에 이마가 닿을 정도로 고개를 숙인다.

고개를 들고 나서 모두의 얼굴을 오른쪽에서 왼쪽으로, 앞에서 뒤로 쭈욱 둘러본다.

후후후, 모두 깜짝 놀라거나 웃고 있네. 응응, 심각한 얼굴로 빤히 바라보는 것보다 이게 좋아.

그럼 다시 한번 있는 힘껏 숨을 들이쉬고

'구교사 철거 반대 운동에 협력해 줄 거지?'

나는 들고 있던 마이크를 모두를 향해 내밀었다.

체육관이 한순간 조용해진다.

뭔가 저질러버린 건가…? 땀이 뺨을 타고 흐르는 그 순간.

우레와 같은 박수.

여기저기에서 날아오는 휘파람.

잘 알 수 없는 함성.

모든 게 섞여서 내 머리 위로 쏟아졌다.

아, 역시 이스투아르 기념학원은… 최고야!

좋았어! 내일부터 힘내자!

학원 안의 곤란한 일도 그리고 세계의 위기도, 모두 나에게 맡기라고!

EXTRA STAGE

어느 개인 날의 이른 아침, 잎이 넓게 펼쳐진 가로수 길에 네 명의 소녀가 서 있었다.

"아, 저기다. 지금 달려오고 있는 게 내 언니야."

검은 머리의 소녀가 그렇게 말하며 앞쪽을 손가락으로 가리키더니 '영차'하며 등에 지고 있던 커다란 배낭을 땅에 내려놓고 뺨에 흐르는 땀을 닦았다.

"우리 언니도 같이 있네…. 그럼 지금 오고 있는 게 그 사람 아냐?"

그 배낭 주변을 팔짝팔짝 뛰면서 다른 소녀가 말한다. 등까지 기른 밝은 밤색의 머리카락도 같이 흔들린다.

"… 저 사람, 머리카락도 똑같고, 액세서리도 똑같아(빤히…)."

그리고 거기 있던 세 번째 소녀가 속삭이듯이 작은 목소리로 말했다. 쌍둥이인 것 같다.

두 번째 소녀와 놀랄 정도로 외모가 닮았다. 머리카락 길이와 옷 색깔이 다르지 않다면 구분할 수 없을 정도.

하지만 성격은 정반대인 모양. 팔짝팔짝 뛰고 있는 두 번째 소녀와는 대조적으로 조심스러운 몸짓으로 옆에 서 있는 마지막 소녀가 입은 원피스의 소매를 잡아당기고 있다.

"응. 응…. 틀림없어."

원피스 소매를 잡은 작은 손을 자신의 손에 겹치며 네 번째 소녀가 말했다.

감격해 떨리는 목소리로 말하면서 네 번째 소녀는 가만히 시선이 닿는 곳에 있는 누군가를 바라본다.

"언니…. 언니…."

옅은 보라색 머리카락을 바람에 나부끼며 소녀는 두 번, 그렇게 속삭였다.

"언니!"

그 속삭임이 세 번째에는 마음을 담은 외침으로 변해 소녀는 달려갔다.

커다란 눈에서 흘러나오는 눈물이, 방울방울 흩어진다.

"겨우, 겨우 찾았어!"

그 시선은 한 곳에서 움직이지 않는다. 그녀에게 있어서, 이 세계에서 제일 소중하게 생각하는 사람이 그 앞에 있다.

"아, 잠깐만, 짐 까먹지 말라고!"

"아아! 일등은 우리가아~!"

"… 아, 기다려…!"

네 번째 소녀를 쫓는 것처럼 다른 세 명도 달리기 시작한다.

네 명이 달려간 곳에는 근사한 문이 있었고, 그 문 옆에 걸린 커다란 금속제 명판에는 이렇게 적혀 있었다.

'이스투아르 기념학원'

이라고.

후기

어느 날 벚꽃숲문고 편집부. 저와 편집자의 대화.

"아, 더운데 수고 많으십니다~. 마실 건 맥주면 되나요?"

"차로 주세요…. (왜 여기는 회사에 맥주랑 소주를 준비하고 있는 거지)."

"그런가요. 그럼 본론으로 들어가겠는데, 네푸네푸 2권도 나오게 됐습니다."

"좋았어! 그러면 아이짱이 주인공인 스파이 액션!"

"'하이스쿨'이니 그걸 잊지 말아 주세요."

"쳇."

"쳇이 아니잖아요."

"아, 그게 저…. 전에 후회 없어 다 해서, 체육대회도, 학원제도, 메이드에 온천도, 중요한 이벤트는 전부 집어넣었다고요. 2권에서 갑자기 수학여행을 갈 수도 없고…. 어떻게 하죠?

"그걸 생각하는 게 일 아닌가요…. 아, 적어도 4권까지는 할 거니까, 그럴 생각으로 시리즈 구성을 해 주세요."

"네?"

"네? 가 아니잖아요."

… 이렇게 해서, 고맙게도 이 '넵튠 하이스쿨'을 시리즈로 내
게 되었습니다. 사실은 지금도 3권을 준비하면서 이 후기를 쓰고
있습니다.

이것도 모두가 독자 여러분이 보내주신 뜨거운 응원 엽서 덕
분입니다. 정말로 고맙습니다. 특제 벽지와 '부끄러운 책갈피'는
모두 받으셨나요?(일본판 1권의 부록)

처음부터 여기까지 읽어주신 독자 여러분은 모두 알 거라고
생각하지만, 다음 권에는 기다리고 기다리던 그 아이들이 등장
합니다!

정말이지, 엽서에 보내준 여러분이 원하던, 90%나…. 였으니
까요. 이래서야 호응할 수밖에 없죠!

만족스러운 책이 나오도록, 열심히 노력하고 있으니 부디 그때
까지 원작 게임 최신판인 '신차원 게임 넵튠V'를 2주차, 3주차,
전 트로피 컴플리트까지 즐겁게 놀아 주세요.

이번에도, 집필 아이디어를 주신 아이디어 팩토리 주식회사의
미즈노님을 시작으로 게임 제작 스탭 여러분에게 플롯 단계에서
부터 꼼꼼히 감수를 받았습니다.

또, 이번에도 근사한 표지 일러스트를 그려준 츠나코 선생. 그
리고 본문의 일러스트만이 아니라 스토리의 아이디어를 내주신
우리모 선생께도 감사를 드립니다.

벚꽃숲문고 편집부 분들도 여러 가지로 많이 힘들게 했네요.

이 책의 발간에 힘내 주신 분들께, 이 자리를 빌려 감사드립니다.

아, 그렇지, 편집장! 저 아직도 아이짱의 스핀오프를 포기한 건 아닙니다! 미팅 때도 미즈노씨가 "해도 괜찮겠네요."라고 했다고요!
그러니까, 기획도 잘 부탁합니다!

… 이거 후기가 아닌가.

2012년 9월 모일, 오카즈

부록 – 1권 주석

더 보편적. 저도 마이너하지만 경련치기였습니다.

80p 12	허드슨의 연타 명인인 다카하시 명인.
80p 12~13	신기록 달성을 위해 자나 동전을 사용해 미친 듯이 긁는 아이들이 많았죠. 물론 사도지만….
80p 18	"탈 수밖에 없잖아. 이 빅 웨이브에." 애플의 아이폰 4가 일본에 처음 발매되었을 당시 줄을 선 대기자 중 한 명의 명언(?).
86p 6	니코니코발 유행어.
89p 22	엑스박스가 온라인 대응 게임을 많이 내긴 하죠.
90p 5	아마 기숙사장은 세계에서 제일 부자인 너드인 듯 싶습니다.
91p 6	닌텐도 Wii의 히트작 Wii피트.
91p 7	역시 닌텐도의 휴대용 게임기 NDSL.
99p 1~2	소년 탐정 김전일 초반의 단골 대사. 보통은 이 뒤로 사람들이 죽어나가죠.
104p 4~5	몬스터 헌터 시리즈.
104p 5~6	슈퍼 마리오 시리즈.
113p 21~22	납치 전문 공주님 피치 공주.
114p 13	수염 난 아저씨인 것만이 아니라 똥배와 말라깽이 조합입니다.
114p 16~17	깃대 가장 높이까지 뛰면 배경에 불꽃이 터졌죠.
116p 15	"거기냐!" / "보인다. 나에게도 적이 보여!"
124p 10	기동전사 건담 역습의 샤아. "고작 돌덩이(액시즈의 파편) 하나쯤, 건담으로 밀어내 주겠어!!"
134p 9~10	오다이바의 등신대 건담. 그렇다면 크기는 약 18미터 정도인 셈.
139p 12~13	타카하시 명인의 최고 연타기록입니다.
147p 11~13	케이온! 경음부를 소재로 한 먹방(…) 애니메이션이죠. 내 청춘을 돌려다오!
152p 9	일본 제약회사 광고 패러디. "중요한 건 두 번 말하는 겁니다."

초차원게임 넵튠 하이스쿨 ❷

초판 1쇄 발행 2013년 11월 30일
초판 2쇄 발행 2013년 12월 30일

저자 오카즈

발행인 원종우
발행처 (주)이미지프레임

주소 (427-060) 경기도 과천시 용마2로 3, 1층
영업부 02-3667-2653 **편집부** 02-3667-2654 **팩스** 02-3667-2655
메일 admin@vnovel.kr **웹** vnovel.kr

ISBN 978-89-6052-286-2 02830 **(세트)** 978-89-6052-267-1